U0524493

i
imaginist

想象另一种可能

理
想
国
imaginist

Hiroshima

John Hersey

广岛

[美] 约翰·赫西 著

董幼学 译

云南人民出版社

HIROSHIMA
by John Hersey

Copyright 1946 by John Hersey
Copyright renewed 1973 by John Hersey
Copyright © John Hersey, 1985

All rights reserved including the right of reproduction in whole or in part in any form.
This edition published by arrangement with Alfred A. Knopf, an imprint of The Knopf Doubleday Publishing Group, a division of Penguin Random House LLC.

著作权合同登记图字：23-2024-095 号

图书在版编目（CIP）数据

广岛 /(美) 约翰·赫西著；董幼学译. -- 昆明：
云南人民出版社, 2025. 8. -- ISBN 978-7-222-23337-9
Ⅰ. I712.55
中国国家版本馆CIP数据核字第2025BS2106号

责任编辑： 柴　锐
特约编辑： 孔胜楠
装帧设计： 彭振威设计事务所
内文制作： 马志方
责任校对： 金学丽
责任印制： 代隆参

广岛

[美] 约翰·赫西 著　董幼学 译

出　版　云南人民出版社
发　行　云南人民出版社
社　址　昆明市环城西路609号
邮　编　650034
网　址　www.ynpph.com.cn
E-mail　ynrms@sina.com
开　本　787mm×1092mm　1/32
印　张　7.75
字　数　105千
版　次　2025年8月第1版第1次印刷
印　刷　山东京沪印刷科技有限公司
书　号　ISBN 978-7-222-23337-9
定　价　58.00元

美国为什么对日本动用原子弹（代序）

刘柠

1945年（昭和二十年）8月6日，中国[1]地方的广岛天气晴好，无一丝云，却出奇地闷热。

清晨7:09，空袭警报拉响，因为城市上空出现了三架B-29轰炸机。但飞机很快就飞走了，7:31，警报解除，人们又恢复了日常生活的节奏。然而，45分钟后，另一架B-29轰炸机"艾诺拉·盖"（*Enola Gay*）号盘旋而至，从市中心的上空投下了一颗长3米、直径71厘米、重约3吨的"新型炸弹"，代号"小男孩"（Little Boy）。炸弹

---

[1] 日本的行政区划，指中部地区，即本州岛西部，包括冈山、广岛、山口、岛根和鸟取五县。

在距地面570米的空中爆炸，出现了一个直径约为150米的巨大火球，放射出耀眼的异样光芒。火球缓缓上升，直至6000米高空，形成一团蘑菇云。蘑菇云的下面，成了地狱：爆炸中心点方圆500米以内，全部人和物被3000~4000度的高温烧成焦炭。截至当年11月，据日本政府发表的统计数据，逾78,000人死亡，84,000人受伤，14,000人失踪，60,000户家屋全毁或半毁。其后，因核辐射而罹患被称为"原爆症"的不治之症、最终死于该症者，不计其数，乃至精确的统计至今仍无法完成。1976年，联合国秘书长发言说，死于"热线、暴风和放射线的人多达14万（误差1万）"。一个繁荣的城市就这样被一颗神话般的"新型炸弹"彻底摧毁。

从军部、政府到普通国民，完全不知道受到了何种武器的袭击。8月8日，刊载于《朝日新闻》的"大本营发表"只是说："6日，广岛市受到敌B-29轰炸机的攻击，发生相当程度的受害。敌在攻击中，似乎使用了新型炸弹。其详情目下正在调查。"爆炸发生时，正在位于广岛宇品的陆军船舶司令部服役的一等兵、战后成了日本首屈一指的政治学者丸山真男，结束了一次紧急集合。暂时解散，回自己的房间后，看到房间里的情形，他大吃一惊："首先，入口处大门的合页脱落，门朝里倒下。有的桌子翻了个个。到处是散落的文件，一屋子净是玻璃碴子。"F中佐跟跄着进得门来，头上脸上被纱布包扎，只露出眼睛。丸山问："中佐，你怎么了？"中佐"嗯"了一声，大声说道："日本也要尽早造出好的炸弹！"当晚，丸山从短波收音机中听到了杜鲁门的声音："投下了历史上第一颗原子弹。"随后，杜鲁门又谈了几句原子弹制造和试验的由来，说起初"源于德国的开发"。虽然丸山的英语听力有限，但他还是捕捉到了"Atomic Bomb"（原子弹）的表述。他边听边记笔记，然后火速把笔记送到参谋室。可参谋们一头雾水，完全不知道这位东大法学部的毕业生在说什么。

与此同时（8月8日），大本营派遣了一个调查团飞赴广岛，实施受害调查。该调查团由陆军中将有末精三带队，包括陆军省的高阶军官和理化学研究所（理研）的精英科学家，其中就有仁科芳雄博士。仁科芳雄，

1890年出生于冈山县浅口郡，毕业于东京帝国大学电气工学科。1921年，他赴欧留学，曾长年跟随卢瑟福和尼尔斯·玻尔等大师精研量子物理学，对现代物理学的发展具有前沿国际视野。回国后，他于1931年在理研内设立仁科研究室，推进量子物理学研究，是主导战时日本原子弹研发活动的核心人物。

黄昏时分，运输机抵达广岛，在城市上空盘旋了好几圈。仁科博士脸紧贴舷窗，俯瞰机翼下满目的废墟，低声自语道："这是原子弹……"登陆广岛后，通过X光片被感光等事实，仁科迅速断定这种"新型炸弹"就是原子弹——潘多拉的盒子被打开了。紧接着，8月9日，长崎复遭"新型炸弹"的袭击。五天后，仁科飞赴长崎调查，再次确认了"被爆"的事实。广岛、长崎先后"被爆"，首先意味着日本在原子弹研发竞争中彻底败北。

正如广岛核爆后杜鲁门在广播讲话中所言，"二战"期间世界主要大国间的原子弹研发竞争，确实源于德国。1938年12月，德国化学家奥托·哈恩（Otto Hahn）和菲里茨·舒特拉斯曼（Friedrich Strassmann）首次取得了铀235元素原子核裂变实验的成功。论文发表后，举世震惊。彼时战祸未起，欧洲还是"太平盛世"，故该成果才能为世人所知。

最受震动的是美国。当时美国有很多受纳粹迫害从德国逃亡而至的科学家。这些科学家首先担心的一个问题是，希特勒很可能已经开始着手原子弹的研发。于是，爱因斯坦给罗斯福总统写信说，如果德国先行造出核弹，势必会称霸世界，因此务须先发制人，"这种炸弹如果用船运，假如在港湾爆炸的话，一发就足以让港湾和周边的部分设施毁灭"。爱因斯坦这封信写于1939年8月，一个月后，第二次世界大战爆发。罗斯福随即下达原子弹研发指令，同时批准了6000万美元的预算——此即后来所谓"曼哈顿计划"的雏形。至1942年9月，美国为开发计划共投入了逾10万人和20亿美元以上的资金，在国内相关各州和加拿大建设了数万英亩的研究、实验和制造设施。作为民主国家，可以说，美国破例构筑了旨在赶在纳粹德国之前造出核弹的"举国体制"。

与美国相比，在核裂变现象的发现和实验阶段，德国虽一度领先，但在核弹研发过程中却丧失了先机。由于对犹太人的种族歧视和排犹政策，希特勒"恨屋及乌"，觉得"原子物理学是犹太人的科学"，而"美国作为犹太人统治的国家，没啥了不起"。大概是早年失意的小布尔乔亚文艺青年经历使然，希特勒对基础科学研究的重要性全无体察，认为两年后才有可能研制成功的原子弹无非是"明天的武器"，远水不解近渴，而他迫切需要的是导弹等"今天的武器"。尽管有施佩尔等人拼死谏言，却终未得到希特勒的理解和支持——德国事实上放弃了核弹的研发。

而差不多就在同一时期，日本统治集团却意识到问题的重要性与迫切性，陆军和海军方面均做了相应部署，设定了战略目标，铺设了研发体制，其主导者就是仁科芳雄。据美国历史学者、麻省理工学院教授约翰·道尔（John W. Dower）的研究，日本原子弹开发大致分为四个阶段：1941年至1942年为第一阶段，是军部组织的预备调查期；1942年7月至1943年3月为第二阶段，由海军主导的专家委员会论证制造原子弹的现实可行性，即

"B研究"[1]；1942年年底至1945年4月为第三阶段，在陆军的主导下，在东京帝大实施"に号研究"[2]；第四阶段始于1943年年中，至战败无果而终。在海军的主导下，于京都帝大实施了"F研究"[3]。

与美国不惜以"举国体制"打造的"曼哈顿计划"相比，德国在原子弹研发上的投入少得可怜——全部加起来只有约100名科学家和1000万美元。以至于战后，美国调查团对战时德国的核武研发状况进行了一番深入调研后，团长阿诺德·克拉米什（Arnold Kramish）说："整体而言，德国铀制造设施的规模之小，到了滑稽的程度。"那么，与德国的"滑稽"相比，日本如何呢？约翰·道尔认为："与美国所投入的研发经费进行准确比较，几乎是不可能的。但是，日本与美国研发计划的规模之差到底有多大，是可以感觉到的。如果粗略地以战时1美

---

[1] B为"Bomb"（炸弹）的缩写。
[2] 战时日本原子弹研发工作的暗号名。"に"为仁科芳雄姓氏开头的假名，一般写作片假名的"ニ"，为区别汉语起见，本文中特写作平假名的"に"。
[3] 核裂变研究，F即"Fission"的缩写。

元兑4日元的汇率来估算的话，曼哈顿计划所投入的20亿美元应该是日本的3000倍以上。"

3000倍，是什么概念？何况这还只是研发资金上的差距，如果再加上人力和物资要素，两国的差距真不可以道里计。战后，透过曾参与战时原子弹研发工作的科学家所写的一些回忆文字，我们得以一窥当时的窘况。比如加热实验必须使用砂糖，因砂糖在当时是珍贵的战略物资，属于珍稀奢侈品，陆军方面迟迟不予配给。彼时在理研负责六氟化铀制造实验的一位名叫木越邦彦的年轻研究员实在等不及，不得不回家，从自家的厨房"监守自盗"，偷偷带回实验室，乃至遭到母亲的训斥。1944年5月，终于从陆军方面得到了20公斤砂糖后，木越立马成了理研的大红人。拎着砂糖一路走过职场，无论到哪，都会被人围住：让俺尝一口！

事实上，虽然日本统治集团中的一些精英出于比较明确的问题意识和焦虑感，锐意敦促原子弹的研发，但绝大多数日本科学家却认为不仅日本，包括美国在内的所有交战国，不可能在战争期间完成实弹的研发和制造，甚至连研发活动的核心人物仁科芳雄本人也作如是观。1949年，仁科在接受《国王》（King）杂志的采访时，坦率承认战时日本科学家虽曾致力于核武器研发，但最终却达成了制造原子弹"不可能"的结论的事实。据历史学者、《文艺春秋》前主编半藤一利的研究，早在1941年10月，陆军方面就提交了一份关于核裂变应用前景的报告，请求理研仁科研究室予以研究。当时，仁科研究室有百余名研究员的豪华阵容，不乏后成为诺贝尔奖得主的一流科学家，如朝永振一郎以及坂田昌一、武谷三男等，俨然是日本现代物理学的"麦加"：

> 如果在那个时点上，这些人集合在一起，开个会的话，说不定会拿出与德国同样的研究成果。理论上，这些优秀的日本头脑，比德、美有过之而无不及。可遗憾的是，仁科"嗨"了一声，从大河内博士手中接过计划方案，便搁进写字台的抽屉里，没有任何付诸实际运作的迹象。也不知为什么。而这时，朝永、坂田、武谷等人，应该还蒙在鼓里。

1942年12月2日，是原子物理学史上划时代的时刻：在芝加哥大学实施的、由美籍意大利裔物理学家恩里科·费米（Enrico Fermi）主导的铀235元素核裂变实验获得成功。当然，反应堆上插着控制棒，保证不会产生临界反应后的爆炸，但原子弹爆炸原理的推论被证明，人类能造出原子弹已无悬念。差不多正是在这个时候，仁科博士突然从办公桌的抽屉里翻出一叠报告，递给竹内柾教授，并轻描淡写地说了一句："军部来了这么个东西。说是利用原子核分裂反应，能做成炸弹，从而成为强力的兵器，说日本也要研究一下原子弹。"而这位竹内柾教授，当时只有31岁，是理研宇宙射线研究团队的一名青年科学家。1961年，作为《周刊文春》的记者，半藤一利曾采访过竹内：

> 采访时，（竹内）已是年近50岁的学者。无论如何，日本把全权交给一位年仅31岁的物理学者，原子弹制造研发算是正经起步了。可那些人做梦也不会想到，在美国，原子弹研发是注入了庞大的资

金，作为一大国家事业而起步的。日本则慢悠悠的，暂且托付给一位科学家，开始了原子弹研究。

战后，日本学界和传媒界也对战时日本原子弹制造研发的失败多有反思，但这种反思基本上不是围绕原子弹研发本身之罪错的道义原则问题，而是针对何以美、英等民主国家能调动如此众多的科学家和资源应对在当时看来不啻为天方夜谭的大规模原子弹制造研发工程，反而是帝国日本和纳粹德国这样的极权国家却失败了，也就是缘何如此的"历史教训"的检讨。1953年，曾负责铀矿探索的原陆军技术军官山本洋一发表长篇回忆，严厉批判对原子弹研发工作负组织、主导之责的仁科芳雄等民间科学家，"只重视纯科学，对应用科学和技术则缺乏理解"。

应该说，山本的指责不无道理。太平洋战争爆发后，直至接受军部的研究委托之前，仁科研究室在籍的百余名物理学者中，从事原子能研究者一个都没有。另一个现代物理学研究重镇——由诺贝尔物理学奖得主汤川秀树主导的、以尖端原子理论及实验而著称的京都帝国大学也大同小异。一个耐人寻味的现象是，像英、德、美那样，由科学家动议，以原子弹研究的必要性诉诸政府的情况全无记录。相对于军部的"急功近利"，越是顶尖的科学家，沉湎于纯粹"学问"的倾向越强烈，对原子弹研究的兴趣便越寡淡。

　　仁科其人的心态确实是一个谜，他生前也绝少披露自己的心路历程，但他无疑是一个爱国者。从他作为原子弹制造研发工作的组织者，应对却不甚积极，甚至颇有些消极被动这一点，约翰·道尔认为，他从内心对野心膨胀得失去了理智的军部感到失望，但却在为挽救国家而努力。他为原子弹研发而投入的选手，也许并非是最优秀、最合适的人才，如竹内柾和木越邦彦两位青年科学家，前者并非原子物理学家，而是宇宙射线研究的专家，后者连同位素分离的专家都不是，却被仁科拉来做制造六氟化铀的实验。可另一方面，如果仁科不做这种安排，两位科学家十有八九会被征召入伍，战死沙场也未可知。事实上，木越确实因仁科调他来从事六氟化铀实验而免除了突然而至的征召。他回忆当时，仁科以一种漫不经心的口吻，问他愿不愿意来做六氟化铀的实验，"你只要弄一弄那个，就可以不去打仗了"。如此，客观上，仁科确实为国家保留了一批科学精英，成为战后日本经济起飞、科技文化昌明的动力源。

毋庸置疑，在美日原子弹研发竞争中，日本远远落在了后面。确切地说，与美国倾其国力、志在必造的"正经"研发活动相比，日本充其量停留在研究的水平，尚未进入研制阶段。但对这一点，日本直至"被爆"的一刻，似乎并不知情。

历史往往相当吊诡。1941年12月6日，罗斯福总统一声令下，"曼哈顿计划"悄然启动，重金入海，秘密涌向几个特定的实验室和基地——美国原子弹研发事业正式起跑。翌日，珍珠港便遭日本"奇袭"，太平洋战争爆发。珍珠港之耻，对美国核打击目标的确立起到了何种作用是不言而喻的。当然，此时，美国的敌人还有纳粹德国——德国将携其理论原创的原子弹对美制造第二个"珍珠港事件"，成了美国的梦魇和推动原子弹研发的动力。

经过近两年紧锣密鼓的竞跑，至1943年5月，美原子弹研制终于有了眉目。一般人会以为，当时美国还在跟德国打仗，原子弹的首要目标是纳粹德国。然而，事实并非如此。实际上，从这时起，日本已取代德国成了最大目标。据日本历史学者石井修的研究：

> 在爱因斯坦致信罗斯福总统的阶段，确曾出现过"对德国动用"（原子弹）的话语。但其后，无论是"曼哈顿计划"的军事委员会，还是陆军决策层，包括白官人士，从相关政策决定者口中，"对德国动用"云云的说法，一次也没有出现过。但参与"曼哈顿计划"的科学家们，确实抱有自己是在与德国竞争的意识。
>
> 而另一方面，"对日本动用"的话语倒是从很早时就出现了。如1943年5月5日，在"曼哈顿计划"的军事政策委员会上，由于特鲁克群岛上驻有日本联合舰队的基地，会议曾检讨过向该设施投掷原子弹事宜。其中的一位成员，还说要对日本本土投掷。又过了一年多，1944年9月，日本果然被确立为核打击目标，并为此组成了美陆军第二十航空

军第509混成团的编制。到了1945年5月,在马里亚纳群岛天宁岛附近的南鸟岛、特鲁克岛、罗塔岛等地开始集中训练,练习空投一种称为"Pumpkin"(南瓜)的圆形物体。[1]

1972年,《海德公园协定》(Hyde Park Agreement)的内容首次曝光,令世人大跌眼镜:早在1944年9月,罗斯福与丘吉尔之间已然达成了要对日本动用原子弹的约定。1945年4月23日,"曼哈顿计划"的指挥官莱斯利·理查德·格罗夫斯(Leslie Richard Groves)中将在致战争部部长亨利·刘易斯·史汀生(Henry Lewis Stimson)的信中坦言:"我们的目标一贯是日本。"据说,1945年2月至3月期间,史汀生的副官哈维·邦迪(Harvey Bundy)便已经草拟了关于美国在日本本土投掷原子弹的声明文本,文本以"今天……于日本投

---

[1] 五百旗頭真、北岡伸一編『開戦と終戦——太平洋戦争の国際関係』(星雲社、1998年10月版)、128—129頁。

下……"的措辞开头,只有时间是空白,可谓"万事俱备,只欠东风"。

1945年5月8日,德国投降后,美国原子弹制造研发的步伐不仅未放缓,反而全力提速,乃至令一些参与研发的科学家感到不解,甚至有人就此脱离了研发工作。如英国物理学家约瑟夫·罗特布拉特(Joseph Rotblat)便于此时退出了"曼哈顿计划",回到利物浦大学教书,后创立了著名的核裁军和平组织"帕格沃什会议"(Pugwash Conferences),并荣膺诺贝尔和平奖。

美国的战略目标,是赶在苏联对日参战之前,迫使日本投降,以争取对日占领的主导权,遏制苏联。德国投降后,苏联单方面撕毁《雅尔塔协定》,闪电"收割",把此前遭纳粹铁蹄蹂躏的东欧诸国纳入自己的势力范围。美绝不容忍东欧的"悲剧"在冷战"桥头堡"日本重演。日本投降一旦延迟,那么德国投降三个月内,苏联进攻日本的承诺期限就将到来,美国将在对日占领问题上陷入被动。因此,此时的课题,已不是日本投降与否的问题,而是何时投降的问题。

围绕日本缘何非遭遇美国核打击不可的问题,一个几乎见诸所有历史教科书的耳熟能详的说法是:因日本拒不接受《波茨坦宣言》,所以美国决定对其实施核打击,苏联也宣战出兵(中国东北)。对美国而言,此乃所谓"尽早终结战争,避免造成更多流血的日本本土战的最佳策略"。但这种说法,实际上未必站得住脚。

据半藤一利的研究,1945年7月26日,联合国军方面发表了被视为对日劝降"哀的美敦书"的《波茨坦宣言》。翌日,日本接报。裕仁天皇看到文本后,对东乡外相说:"结束战争总算有了眉目。原则上对此只能接受。"[1]但彼时,日本政府已经秘密委托苏联斡旋停战,正在等候苏方的回复。出于"信义",客观上无法立马接受宣言的条件,而推掉苏方的"调停"。日本人做梦都不会想到,斯大林此前已得到杜鲁门对日将实施核打击的通报,只盘算着如何能早日对日进攻,是完全无意斡旋和平的。在这种情况下,28日,首相铃木贯太郎基

---

[1] 半藤一利『昭和史 1926—1945』(平凡社、2004年2月初版)、464页。

于"无可奉告"（No Comment）的意图，对新闻界表达了"默杀"的立场。29日，日同盟通讯社[1]将铃木的表态译为"ignore"（无视），并向全世界报道。日本时间29日当夜，英国路透社和美联社（AP）又分别在自己的报道中，将同盟通讯社报道中的"ignore"译成了"reject"（拒绝）。表面上看，至此，英、美媒体完成了"日本拒绝《波茨坦宣言》的条件，决意将大东亚战争进行到底"的信息传递，并在此基础之上形成了"对日最后一战"的共识。但其实，7月24日，在《波茨坦宣言》发表之前，投掷原子弹的秘密指令就已经下达，形势有如"箭在弦上，不得不发"了。

当杜鲁门总统最终认可的原子弹投掷方案出台的时候，日本的政府高官们还在焦急地等待着苏联的"和平斡旋"。以近卫文麿为全权代表、众多实力派重臣为特使的应对体制已调整就绪，准备一俟莫斯科有回复，立

---

[1] "二战"时期，日本最大的垄断通讯社。1945年解体，被拆分为共同通讯社和时事通讯社。

即切入和平交涉。日本的时代错误在于，在该讲政治哲学和道义的时候，过于迷恋实力，动辄"亮剑"；而明摆着是肮脏的政治交易，甚至是赤裸裸的欺骗的时候，却以"武士道"的"清流"面目出现，言必称"信"。回首20世纪前半的历史，日本确实曾一再扮演这种"不合时宜"的尴尬角色而不自觉。

回到本文的主旨：那么，美国究竟为何非要动用原子弹不可，为什么是日本呢？窃以为，如此结局背后，至少存在如下四种动因，正是这些动因的错综作用，导致了美国对日本动用核武的唯一结果。

第一，原子弹从一开始就是作为"志在必掷"的实用武器研制的。要知道，美国原子弹制造研发源自纳粹德国核武研发的刺激，带有极强的危机感。罗斯福死后，杜鲁门继任总统，他在回忆录中如此写道："何时、在哪儿使用炸弹（指原子弹——笔者注）的最终决定权在我，这一点不容错位。我一向把原子弹看作一种兵器，理应付诸使用，对此从无任何疑念。跟随总统左右的最高军事顾问们曾劝诱我使用之。我与丘吉尔会谈时，他也曾毫不犹豫地对我说过'如果有利于终结战争的话，赞成动用原子弹'的话。"可见，既然是兵器，使用没商量——是美国战争政策最高决策者的意志。

第二，至少从1943年5月开始，日本就已经被设定为核打击的首要目标，且越往后，越具体化（见上文）。理论上，德国应该也是目标之一，但美国首次成功核试验是在德国投降两个多月后的1945年7月16日——客观上，德国已经"不赶趟"了（当然，关于假如德国在时间上"赶趟"的话，美国到底会不会对它动用核武的问题，需做另一番论证，在此不赘）。

第三，对苏牵制。美国历史学者加尔·阿尔佩罗维茨（Gar Alperovitz）在其著作《原子外交》（*Atomic Diplomacy*）一书中，论证了美国如何以原子弹为砝码，在对苏外交中争取主动的过程。杜鲁门继任总统是在1945年4月12日，他面对的最大课题是如何终结战争，并在战后格局中争取主导权，而最吃紧的问题就是应对波茨坦会议。由于彼时原子弹研发已到了核试验的最终攻坚阶段，杜鲁门尽量想把会议日程向后推迟，以期能拿到踏实的"原子弹牌"。波茨坦会议上，美英两国首脑在第一时间分享了"孩子诞生"（指核试验成功）的朗报，但通报斯大林则是在一周之后。斯大林并未显得很吃惊，若无其事地说了句："是嘛……那么就可以在日本使用了。"暗中却加紧了从中国东北进攻日本的进程，同时下令莫斯科的原子弹研发工作提速。

第四，对日种族歧视。这一点，作为深层动因，很少表面化，特别是在战后民主主义主流话语体系下，一向鲜为人提及，但却是一个颇为现实的因素。日本军队在战时的残虐暴行，也强化了西方对东洋社会所抱有的"日本人性恶论"的既有成见。杜鲁门有句名言"对兽类要像对待兽那样"，说的就是日本。当然，歧视从来是双向的：有日人针对白人的"鬼畜英美"式的妖魔化，便有美国人对日人所谓"猴子"的侮辱性蔑称。既然是诸如"兽类""猴子"等非我族类，动用"新式武器"歼灭之便是题中应有之义了。

回过头来看，日本挨了两颗原子弹的惩罚，正应了中国的那句老话：落后就要挨打。但唯其如此，日本对其"被爆"的悲剧，也基本上抱着现实主义的应对：接受"宿命"，绝少听到高调的控诉。因为"我们应该认识到，先于哪个国家最初使用原子弹的问题，一个更主要的问题是：无论哪个国家，只要它制造成功，它就会使用"[1]。日本国内甚至不乏"原爆拥护论"者，如上文中提到的原陆军技术官僚山本洋一便认为"战争就是战争"，遑论对殖民和侵略战争持严厉批判立场的传统左派。

正因此，1945年8月6日，广岛"被爆"后，日本政府虽然通过瑞士等第三国表达过对因使用大规模杀伤性武器而制造的反人道罪行的抗议，但面对美国政府，时至今日，却一次都未曾正面提出过直接的抗议。而这一点，至今仍鲜为人知。

---

[1] 梅棹忠夫编著『日本文明77の鍵』（文芸春秋社、2005年4月初版）、210頁。

目 录

美国为什么对日本动用原子弹（代序）   i

一道无声的闪光   1

大火   25

深入调查   59

黍草和白菊   93

战后   129

译名对照表   217

一道无声的闪光

　　日本当地时间1945年8月6日早8时15分整,原子弹的光芒在广岛上空闪耀之时,东亚罐头厂人事部职员佐佐木敏子小姐刚在工厂办公室的工位坐下,正要转过头去跟邻桌的女同事说话。同一时刻,藤井正和医生正在他私人医院的门廊里盘腿坐下来,准备看《大阪朝日新闻》。他的私人医院半悬于分割广岛的七条太田川支流的其中一条之上。中村初代太太是一个裁缝的遗孀,她站在厨房的窗口边,注视着一个邻居拆房子。邻居的房子在防空袭的隔火带上,所以不得不拆除。耶稣会的德国神父威廉·克莱因佐格穿着内衣侧身躺在耶稣会三层房屋顶楼的一张简易床上,在看一本教会杂志《时代之声》。佐佐木辉文医生是广岛市大型现代化红十字会医院一名年轻的外科医生。他手里拿着一份血液样本，准备拿去做瓦色尔曼试验，正走在医院的一条走廊里。广岛卫理公会的谷本清牧师停在城市西郊古井一个富人的房子门口，正准备卸货。由于担心广岛会像大家预想的那样，遭受B-29轰炸机的大规模空袭，他装了满满一辆手推车的东西从市区转移出来。10万人在此次原子弹爆炸中丧生，他们是六位幸存者。他们至今也不明白为什么自己活了下来，其他那么多人却死了。他们每个人都觉得是很多微小的机会和偶然性挽救了他们：一个及时采取的步骤，一个进屋的决定，赶上了一辆有轨电车而无须等下一辆。现在他们每个人都知道，在他们活下来的过程中有很多人死去，他们目睹的死亡比自己所能想到的要多得多。但在那个时候，他们所有人都对此一无所知。

谷本清牧师那天早晨5点起床。由于他太太有时会带着刚满周岁的孩子坐车去广岛北郊牛田的朋友家过夜，他独自一个人在牧师住所。在日本所有的重要城市中，只有京都和广岛还未尝过B-29轰炸机的威力。日本人把B-29轰炸机称为"B君"或"B先生",这里面混杂了熟识的敬意和不悦。谷本清牧师像周围的邻居和朋友一样,觉得自己快要被焦虑感逼疯了。他听过人们对久礼、岩国、德山及其他附近城市大规模空袭的恐怖描述。他确信很快就轮到广岛了。由于昨天晚上多次响起空袭警报,他并没有睡好。广岛近几个星期来几乎天天晚上都会拉响警报,这是因为那时B-29轰炸机把广岛东北的琵琶湖作为一个集结点。不管美国人计划轰炸哪座城市,他们的远程轰炸机都会从广岛沿岸上空轰鸣而过。警报频频响起,而"B君"却迟迟没有大驾光临,这让广岛市民人心惶惶。城里流传着一个传闻,说是美国人给广岛准备了特别的东西。

谷本先生是一个小个子男人,很健谈,表情丰富。他的黑发很长,梳了一个中分的发型。他的额骨突出且与眉毛靠得很近,留着小胡子,嘴巴和下巴都很小,这使他看起来很奇怪:既年长又年轻,既幼稚又睿智,既虚弱又暴躁。他的步伐急促不安,但带着一种克制,这表明他是一个小心谨慎、深思熟虑的人。在日本遭受空袭之前，他只有在境况极其不好的日子才会显出这些特征。除了让太太去牛田过夜，谷本先生一直在搬东西，把他放在人口密集区长良川教堂里所有能移动的东西，都搬到距市中心两英里[1]的古井，一个人造棉商人的宅子里。人造棉商人松井先生当时把他的空宅子向很多朋友和熟人开放，他们就可以把想搬的东西从可能被空袭的地区都搬到一个相对安全的地方。谷本先生之前一个人用手推车搬椅子、赞美诗集、《圣经》、圣坛器具及教堂记录册，这并不难，但是要搬管风琴和一架立式钢琴却需要一些帮助。昨天一位叫松尾的朋友帮他把钢琴搬到了古井，作为回报，他答应今天去帮松尾搬运他女儿的东西。这就是为什么他起得这么早。

　　谷本先生自己做了早餐。他感到十分疲惫。昨天搬钢琴、夜里失眠、几个星期来的担心和饮食无常、教区的职责，所有这一切都让他感到无力去做今天的事。此

---

[1]　约为 3.2 公里。——译者注（如无特别说明，以下均为译者注）

外，还有别的事情让他烦心：谷本先生是在美国佐治亚州亚特兰大市埃默里大学学习神学的。他1940年毕业，能讲流利的英语，穿的也是美式服装，直到战争爆发前还在和很多美国朋友通信。和其他担心自己遭到监视的人一样——可能只是他的臆想——他感到自己越来越心神不定。警察已经盘问过他很多次，就在几天前，他听说一个颇有影响的熟人一直在告诫人们，不应该信任他。那人是东洋汽船株式会社的退休职员田中先生，他仇视基督教，还大肆张扬地做慈善活动，在广岛颇有名气，但也因为专断独行而不得人心。为了向别人证明自己对日本的忠诚，以弥补田中先生造成的损害，谷本先生接下了当地邻组[1]负责人一职。因此，在原有的职责和关切之外，他又担负了大约20户家庭的防空事务。

那天早晨6点不到，谷本先生就往松尾先生家走去。到那儿以后，他发现他们要搬的是一个很大的日式柜子，

---

[1] 邻组（tonarigumi）是"二战"期间日本民间社会的一种自治组织。每个邻组由10—12户家庭组成，全日本当时大约有110万个邻组。

里面装满了衣服和家居用品。两人随即出发。这天早晨万里无云，气温很高，接下来肯定一整天都会热得让人不舒服。他们动身后没多一会儿，空袭警报就响了起来，持续了一分钟——警告有飞机靠近，但又暗示广岛民众其威胁程度不高，因为每天早晨一架美国气象飞机飞临上空的时候，空袭警报都会响起。两人一前一后拉推着手推车穿过城市街道。广岛是一座扇形城市，主要分布在被太田川七条支流分割而成的六座岛屿上。它的主要商业区和居民区在市中心大约占4平方英里[1]，居住着其四分之三的人口，因为撤离计划，这个比例已经从战时最多的38万下降到了24.5万。工厂和郊区都紧密地分布在城市的边缘地带。南面是码头、飞机场和内海，三角洲的另外三个方向是连绵的山峦。谷本先生和松尾先生经过人山人海的购物中心，又穿过两条支流，到了古井的斜街，沿着斜街往上走，去往城市的边缘和山麓。他们开始走进一座山谷，把市区密密麻麻的房屋甩在身后

---

[1] 约10.4平方公里。

的时候，解除空袭的警报响了（日本雷达兵只侦察到三架飞机，认为它们是一个侦察机小组）。把手推车推上人造棉商人的宅子很是累人，两人把手推车推进车道到达大门台阶后，就停下来稍作休息。他们站在厢房旁边，房子后面就是城市。和这个地区的很多日本房屋一样，这座房子由木架构和木墙一起承负着上面的瓦房顶。它的前厅堆满了一卷卷的寝具和布料，像一个满是舒适靠垫的凉爽洞穴。房子正面的右侧是一座精雕细琢的大岩石庭园。当时并没有飞机的声音，那是一个静谧的早晨，他们所在的地方挺凉爽，让人身心愉悦。

随后一道巨大的闪光横穿天空。谷本先生记得很清楚，闪光是自东向西，从市区向山丘而来，就像一束阳光。他和松尾先生被吓坏了，但两人都还有时间做出反应（因为他们距离爆炸中心3500码，约合2英里[1]）。松尾先生冲上大门台阶跑进房子，跳进布匹中间躲了起来。谷本先生跑了四五步，躲在庭院的两块大岩石之间。他

---

[1] 约3.2公里。1码约等于0.0009144公里；1英里约等于1.6公里。

紧紧地靠在其中一块岩石后面。他的脸贴在岩石上，因此并没有看到发生了什么。他感受到一股突如其来的冲击力，然后碎木板和碎瓦片就掉在了他身上。他没有听到爆炸的声音。(在广岛几乎没人记得听到原子弹的爆炸声，但在通津附近的内海上，一个坐在自己舢板上的渔夫看到了闪光，并听到了一声巨大的爆炸声。这个渔夫与谷本先生的岳母和小姨子住在一个地方。他距离广岛大约20英里，但他听到的爆炸声比他之前听到B-29轰炸5英里之外的岩国还要大。[1])

当谷本先生终于敢把头抬起来时，看到人造棉商人的房子已经塌了。他以为炸弹直接击中了房子。周围烟尘弥漫，一片模糊。惊恐之下，谷本先生当时并未想到废墟之下的松尾先生，就冲到了街上。他在街上跑的时候，发现宅子的混凝土外墙已经倒了，倒下的方向是朝向房屋而不是街道。他第一眼在街上看到的是一队士兵，这些士兵之前一直在对面的山坡挖防空洞。日本人显然

---

[1] 20英里约为32.2公里；5英里约为8公里。

是想利用这成千上万的防空洞来抵御进攻。这些士兵从一个山头到另一个山头、一个接着一个地从那些本该保护他们安全的洞里走出来，血从他们的头上、胸口和背部流下来。他们既沉默又茫然。

在漫天飞扬的尘土下，天色变得越来越昏暗。

原子弹爆炸的前一个晚上，临近午夜，广岛电台的一个播音员报道说，大约有200架B-29轰炸机正在向本州南部靠近，并建议广岛市民向指定的"安全区"撤离。裁缝遗孀中村初代太太住在一个叫登町的地方，一直都有让做什么就做什么的习惯。她把三个孩子——10岁的儿子敏夫、8岁的女儿八重子和5岁的女儿美也子从床上叫起来，给他们穿好衣服，然后带着他们走到了广岛东北部一个叫东阅兵广场的军事区。她在那里铺上垫子，让她的孩子睡了下来。他们睡到了凌晨2点，后来就被飞机飞临广岛上空的轰鸣声吵醒了。

飞机一过，中村太太就带着孩子动身回家了。他们到家的时候刚过2点半，她立刻打开收音机。然而，让她棘手的是，广播里正在播报一条新的警报，她看了一眼孩子们，知道他们特别累，想到过去几个星期去东阅兵广场的次数，但都是白费力气，她不想再来回走一趟，所以决定不去管它，让孩子们在榻榻米上睡好，自己也在3点躺下，立刻就睡着了。她睡得很熟，后来飞机飞过都没有把她吵醒。

空袭警报声在7点把她吵醒。她快速起床穿好衣服，匆匆忙忙地跑到邻组负责人中本先生家里，问他该怎么办。他说她应该留在家里，除非拉的是紧急警报——一阵连续的间歇性警报。她回到家，点燃厨房里的炉子，煮上米饭，便坐下来看那天早上的广岛《中国报》(*Chugoku*)。空袭解除警报在8点响起，她放心了。她听到孩子们起床的声音，走过去给他们每人一把花生，因为担心昨晚走累了，就让他们继续躺在榻榻米上。她希望他们可以再睡一会儿，但是隔壁一幢朝南房子里开始发出巨大的拆房子的声音。政府也像广岛的所有人一样，认定这个城市很快就会遭到空袭，便开始强调威胁的紧迫性，并警告人们必须完成防火隔离带的拓宽工作。政府希望隔离带和河道可以把空袭引发的火灾控制在起火点。邻居不得不为城市的安全拆除自己的房子。就在前一天，县政府已要求中学所有身体强健的女生用几天时间来打扫这些隔离带。空袭解除警报响过后，这些女孩便开始干活了。

中村太太回到厨房，看了一下米饭，开始盯着隔壁的邻居。一开始，邻居发出的噪声让她心烦，不过随后她就几乎因同情要落泪了。想到邻居一块块地拆除自己的房子，在这个无法避免破坏的时期，她无法不对他产生同情，但毫无疑问她又产生了一种悲天悯人的感情，更别说对自身的怜悯了。她过得并不容易。美也子刚出生，丈夫伊泽就入了伍，很长一段时间里都没有他的音讯，直到1942年3月5日，她收到了一封只有七个字的电报：伊泽君在新战死。她后来才知道他是在2月15日新加坡沦陷那天死的。他那时已经是一名下士。伊泽并不是一个特别有前途的裁缝，唯一的财产就是一台三国牌缝纫机。他死后，他的军饷就没了，中村太太拿出缝纫机，自己做起了零活。从那以后，她用做裁缝挣的钱勉强养活着孩子们。

中村太太站着注视着邻居,闪光下所有的东西都白得不可思议,她从未见过这样的白色。她并没有注意到邻居家发生了什么,母亲的本能反应让她朝孩子们跑去。她刚跨出一步(她的房子距离爆炸中心1350码,约合0.75英里[1]),就被一股力量提了起来,和房屋碎片一起被抛到了隔壁房间的榻榻米上。

她落在地上的时候,碎木板也随之落到了她身上。由于被埋在木板下,四周一片黑暗。木板并没有把她埋得很深,她自己爬了出来,听到孩子的哭喊声:"妈妈,救救我!"她看到5岁小女儿美也子胸部以下都被压住了,无法动弹。中村太太疯狂地向她的小女儿爬过去,没有看到或听到其他两个孩子的声音。

原子弹爆炸之前,藤井正和医生在不忙的时候习惯睡到早9点或9点半。他是一个富足、懂得享乐的人。幸

---

[1] 约为1.2公里。

运的是，原子弹爆炸的那一天，他必须早起送一个留宿的客人去火车站。他6点起床，半个小时后和朋友出发去火车站。火车站并不远，过两条河就到了。他回到家的时候是7点，空袭警报正好响起，持续了一会儿。他吃好早餐，由于那天早晨非常热，他脱掉了外衣，只穿内衣去外面的门廊看报。这个门廊（事实是整幢房子）建得很奇特。藤井医生是一家私人医院的院长，这种只有一位医生的私人医院是日本特有的一种机构。医院悬建在京桥川河畔，紧挨着京桥，有30个房间，可供30个病人和他们的亲属入住。日本有一个习俗，一个人生病住院后，家里的亲属会来医院和他住在一起，给他做饭、洗澡、按摩、读书，并给他无尽的家庭慰藉。如果一个日本病人没有家属陪护，那么他显然就很凄惨。藤井医生没有床，只有草席提供给病人。然而，他配备了全套的现代设备：一台X光机、一台透热机，以及一间洁净的实验室。房子有三分之二的结构落在地上，三分之一的结构打桩悬于京桥川的水面之上。藤井医生的起居都在房子悬空的那一部分，这一部分的造型看起来很奇怪，但是在夏天很凉爽。此外，门廊背对着远处的市中心，还可以看到河面上来回穿梭的游船，这无疑是一道赏心悦目的风景。偶尔太田川及其支流发洪水的时候，藤井医生也会担心，但桩柱显然足够坚固，房子总能安然无恙。

藤井医生这一个月来过得相当悠闲，这是因为到了7月，日本还未遭到空袭的城市越来越少，而广岛成为空袭目标的可能性越来越大。他开始拒收病人，担心万一空袭引发火灾，他没有办法让他们撤离。现在他只有两个病人：一个是来自矢野的妇人，肩部受伤；另一个是正从烧伤中恢复的25岁年轻人，这个年轻人在广岛附近一座钢铁厂上班，工厂遭到空袭时，他受了伤。藤井医生有六位照顾病人的护士。藤井医生的太太和孩子都很安全，他的太太和一个儿子住在大阪郊外，另一个儿子和两个女儿住在九州的乡下。他有个侄女和他住在一起，还有一个女佣和一个男仆。因为有些积蓄，他倒并不介意自己无所事事。他年过五十，身体健康，乐于交际，沉稳，喜欢和朋友一起喝威士忌，为了享受和朋友聊天的乐趣，他从不喝醉。战前，他喜欢苏格兰和美国的威士忌，现在日本最好的三得利威士忌让他也很满意。

藤井医生穿着贴身衣物在门廊的一块干净席子上盘腿坐下，戴上眼镜开始看《大阪朝日新闻》。因为太太住在大阪，所以他喜欢看大阪的新闻。他看到了闪光。由于背对着爆炸中心在看报，他看到的是一道耀眼的黄色闪光。他吓了一跳，站了起来。就在那一刻（他距离爆炸中心1550码[1]），医院开始倾斜，伴随着一次巨大的撕裂声，整个掉进了河里。藤井医生刚要站起来，就被来回抛甩、翻滚起来，受到猛烈的撞击和挤压。由于一切都发生得太快，他根本就无能为力。然后，他发现自己掉进了水里。

在藤井医生意识到自己还活着之前，他根本就没时间想到死。他的胸口被紧紧地挤在两块交叉成"V"字状的长木板之间，就像被一双巨大的筷子直挺挺夹住的食物，整个人动弹不得。他的头奇迹般伸出水面，胸部以下浸在水里。医院的残骸——木板碎片和医疗用品奇

---

[1] 约为1.4公里。

异地混杂在一起——漂浮在他的四周。他的左肩疼得厉害,眼镜不见了。

原子弹爆炸的那天早晨,耶稣会威廉·克莱因佐格神父的身体相当虚弱。战时的日本食物很难让他吃饱。此外,生活在日益排外的日本也让他备感压抑。自从祖国战败后,他身为德国人也不受欢迎了。克莱因佐格神父今年38岁,长得像一个发育过快的男孩:消瘦的脸庞、突出的喉结、塌胸、摇摆的双手、大脚。他走起路来摇摇晃晃,有一点驼背。他总是很疲惫,更糟的是,两天前他和同事切希利克神父一起患上了严重的急性腹泻。他们觉得不得不吃的豆子和配给的黑面包是罪魁祸首。另外两个与他们一起住在登町教区的是拉萨尔主神父和希弗神父。幸运的是,他俩没有染上腹泻。

原子弹爆炸的那个早晨,克莱因佐格神父在6点醒来。由于生病,他半个小时后才开始在礼拜堂做弥撒。礼拜堂是一个小型的日式木结构建筑,因为礼拜者跪在榻榻米上朝圣坛做祷告,里面没有靠背长凳。圣坛装饰有华美的丝绸、铜器、银器和精美的刺绣。这个星期一的早晨，为数不多的几个礼拜者分别是：住在教区的神学院学生竹本先生、教区秘书深井先生、虔诚的教区女管家村田太太，还有其他几位神父。做完弥撒，克莱因佐格神父在做感恩祷告时，空袭警报响了起来。他停止了仪式，众人穿过几栋房屋，躲进了一栋较大的建筑物——神父宿舍。他的房间在这栋房子的一楼，就在大门的右边。他在房间里换好军服。这衣服是他在神户六甲中学教书时获得的，他总是在空袭警报拉响期间穿上它。

警报响起后，克莱因佐格神父通常会走到屋外察看一下天空。这一回，当他走到外面的时候，高兴地看到是一架每天这个时候都会飞过广岛上空的气象飞机。他知道不会出事，就回到了房子里，与其他神父一起吃早餐。早餐是咖啡代用品和配给面包，在当时的情况下，这尤其让他没有食欲。神父们坐着说了一会儿话，8点的时候，他们听到空袭警报解除的声音，便各自去了房子的不同地方。希弗神父回到他的房间写东西。切希利克神父坐在他房间里的直背椅上看书,他在胃部放了一个枕头以缓解疼痛。拉塞尔主神父站在他房间的窗前沉思。克莱因佐格神父上了三楼的一个房间,脱掉外套只穿着内衣,躺在一张简易床上舒展了一下右边的筋骨,然后开始读他的《时代之声》。

强烈的闪光过后,克莱因佐格神父当即想到的是:一个炸弹直接击中我们了(他距离爆炸中心1400码[1])。然后,在几秒钟或几分钟内,他就失去了意识。这道闪光让他想起他在孩童时期读到的关于巨大陨石撞击地球的报道。

克莱因佐格神父不知道自己是怎么到房子外面去的。他只意识到后来他就一直穿着内衣在教堂的菜园里转来转去,他的左肋骨有几处小伤口,略微有些流血。除了耶稣会的神父宿舍,周围所有的建筑物都倒了。一个名叫格罗珀的神父因为担心地震,在很久以前就对宿舍进行了加固。他还发现天色已黑,女管家村田太太就在附

---

[1]　约为1.3公里。

近，一遍遍地哭喊着："我们的主耶稣基督啊，请怜悯我们吧！"

坐在从郊外开往广岛的火车上，红十字会医院外科医生佐佐木辉文一直在想他昨晚做的一个令人不快的噩梦。佐佐木医生和他母亲一起住在向原村，这个地方距离广岛30英里[1]。他到医院坐火车和电车一共要花两个小时。他昨晚整晚都没睡好，比平常早醒了一个小时。他感到很疲惫，有一点发烧，犹豫过是否去医院上班，但责任感最终迫使他去了医院。他乘坐的火车比平时早了一个班次。昨晚的梦特别让他不安，因为这个梦与他现实中的烦恼有很大关系——至少从表面看是如此。他才25岁，刚在中国青岛的东部医科大学（Eastern Medical University）完成实习。他是一个理想主义者，对母亲居住小镇医疗设施的匮乏感到忧虑。在没有获得行医许可证的情况下，他开始在晚上——结束医院8小时工作和

---

[1] 约为48.3公里。

路上4小时行程到家之后——独自给一些病人看病。他最近刚知道没有获得许可证行医会受到严厉处罚。他向医院的一个同事咨询，那个医生狠狠地责骂了他一顿。然而，他仍在给人看病。在他的梦里，当他站在床边给一位向原的病人看病时，警察和那位他咨询过的医生一起冲进了屋里，抓住他，把他拖到外面狠狠地揍了一顿。在火车上，他决定放弃在向原的行医工作，主要是因为他觉得自己不可能拿到行医许可证——向原当局会认为他在当地行医与他在红十字会医院的职责有冲突。

在终点站，他及时赶上了一辆有轨电车。（他后来觉得，如果那天早晨他坐的是平常那个班次的火车，亦即如果他必须等上几分钟才能坐上有轨电车——这是经常发生的事——那爆炸的时候他距离爆炸中心就会很近，他必死无疑。）他在7:40到达医院，向外科主任报到。几分钟后，他去一楼的一间病房，给一个病人的手臂抽血，以便做瓦色尔曼试验。配有培养箱的实验室在三楼。他左手拿着血液样本，心神不宁地沿着走廊向楼梯走去。大概是因为昨晚的梦，加上没有睡好，他整个早上都感到心烦意乱。原子弹的光射入走廊时,他刚好走过一个敞开的窗户。那光就像一道巨大的照相机闪光。他急忙弯下了身,一条腿跪在地上,用一种日本人特有的方式安慰自己:"佐佐木,加油!勇敢点!"就在那时(医院距离爆炸中心1650码[1]),爆炸的冲击波贯穿了医院。他戴着的眼镜从脸颊上飞了出去,装着血液的试管被甩到了墙上,他的日式人字拖鞋从脚底滑出,但除此之外,他并没有受伤,这得感谢他所站的位置。

佐佐木医生一边喊着外科主任医生的名字,一边快速朝他的办公室跑去。他发现主任医生被玻璃严重割伤。医院陷入一种可怕的混乱之中:厚重的墙壁和天花板掉落在病人的身上,病床被掀翻,窗户被震碎并割伤了很多人,墙上和地上到处都是血,医疗器械散落一地,很多病人一边跑一边惊声尖叫,但更多的病人已经死去。(佐佐木医生要去的那个实验室里的一个同事死了;佐佐木医生的一个病人也死了,他刚从他的病房离开,就

---

[1] 约为1.5公里。

在刚才，那个病人还在担心自己染上了梅毒。）佐佐木医生发现自己是这个医院里唯一没有受伤的医生。

佐佐木医生以为敌人只是击中了他上班的医院，他拿上绷带开始给医院里的人包扎伤口。然而，在医院外面，乃至整个广岛市，重伤和垂死的人们正跟跟跄跄地向红十字会医院走来。他们的涌入将使佐佐木医生在很长一段时间里忘记心底的噩梦。

佐佐木敏子小姐是东亚罐头厂的职员，她和佐佐木医生没有亲属关系。原子弹落下的那天早晨，她凌晨3点起床，因为有一些家务要做。她11个月大的弟弟昭夫从前天起胃就不舒服，她母亲已经带他去了田村儿童医院，并会留在医院照顾他。佐佐木小姐20岁左右，她必须为她的父亲、一个弟弟、一个妹妹和自己准备早餐。由于战争，医院无法提供伙食。因此，她还得为她母亲和弟弟准备一天的食物。此外，她父亲在一个为炮兵部队生产橡胶耳塞的军工厂工作，她必须在父亲上班前及时为他准备好带去工厂的食物。她做完这些事情并清洗和收拾好厨具时，已经快7点了。她家在古井，去观音町的罐头厂上班路程需要45分钟。她负责管理工厂的人事档案。她7点从古井出发，一到工厂，就和人事部门的其他几个女孩去了工厂体育馆。当地一个优秀的海军军人、前工厂职员，在昨天卧轨自杀了。这个死法太惨烈，人们觉得应该为他举行一个悼念仪式。那天早晨10点，罐头厂准备举行仪式悼念他。在宽阔的体育馆内，佐佐木小姐和其他人为仪式做了妥善的准备工作。这项工作大概用了20分钟。

　　佐佐木小姐随后就回到了办公室，在她的办公桌前坐下。窗户在她左边的尽头，距离她所在的位置挺远。她身后是两个高高的书架，上面装了由人事部负责管理的工厂图书馆的所有书籍。她在办公桌前坐定，把一些东西放进抽屉，并整理了一下文件。她想在登记新员工、解雇员工及离职参军人员名单之前，先和右手边的女孩聊一会儿天。就在她转过头、后脑勺朝窗户的时候，整个办公室突然被一道刺眼的光芒笼罩。恐惧让她无法动弹，很长一段时间里，她就这么一动不动地坐在椅子上

(工厂距离爆炸中心1600码[1])。

所有东西都倒了下来,佐佐木小姐失去了意识。天花板突然塌了,上面的木质地板断成碎片,上层的人摔了下来,而且最上面的屋顶也塌了。但最要命也是最首要的,佐佐木小姐身后的书架倒了下来,随之落下的书把她砸在地上。她的左腿在她身下严重扭曲,可能断了。人类原子时代开启的一刻,在这个罐头厂,一个人被压在了书堆下。

---

[1] 约为1.46公里。

大 火

爆炸后,谷本清牧师立刻从松井的宅子狂奔出来,惊讶地看到,浑身是血的士兵站在他们之前一直在挖的防空洞口。他看到一个老妇人左手托着头,右手托着背上一个三四岁的小男孩,一边茫然地沿着路走着,一边哭喊着:"我受伤了!我受伤了!我受伤了!"谷本先生非常同情她,把孩子接过来背到自己身上,领着老人走到了街尾。那里尘土飞扬,一片昏暗。他把老人带到了不远处一所紧急情况下可作为临时医院使用的文法学校。帮助老人让谷本医生忘记了恐惧。在学校,他惊愕地看到满地都是碎玻璃,已经有五六十个伤者在那里等待救治。他想起空袭解除警报拉响后,并未再听到飞机的声音,但事实又让他断定有飞机投下了炸弹。他想到人造棉商人家的花园里有一个小丘，从那儿可以看到整个古井乃至整个广岛的景象。因此，他就又跑回了松井的宅子。

从小丘上，谷本先生看到了一个令人震惊的景象。并非如他预计的只有古井这个地方遭到破坏，在漫天的烟尘中，他看到一团可怕的浓烟正在广岛上空升腾而起。一股股烟柱正从地面的尘土中升起。他不明白一个如此安静的天空是怎么造成这样大面积的破坏的。即便只有几架飞机，也是能听到声响的。附近的房子着了火，当弹珠大小的水滴开始落下的时候，他猜测是消防员救火时从水管喷出的。（事实上，这些水滴是尘土、热气和核裂变碎片升到广岛上空形成湍流层后凝结成水落下的。）

谷本听到松尾先生问他是否安好，才把视线转回来。房子倒塌的时候，前厅的布匹保护了松尾先生，他自己爬了出来。谷本先生随口答应了一下。他想到他的太太和孩子、他的教堂、他的家、他的教民，他们都在山坡下那一片尘土飞扬的废墟里。他再次在恐惧中跑向市区。

爆炸后，裁缝遗孀中村初代太太从房子的废墟下艰难地爬出来，看到小女儿美也子胸部以下都被埋住了，无法动弹。她爬过废墟，拼命拉开木板，用力刨开瓦砾，着急地想要把女儿救出来。就在这时，她听到仿佛是从底下洞穴传来的两声微弱哭喊声："救救我！救救我！"

她叫10岁儿子和8岁女儿的名字："敏夫！八重子！"下面有回答声。

中村太太丢下了至少还能呼吸的美也子，发疯似的爬到了哭声上方的残骸。孩子们睡觉的时候大概隔了10英尺[1]，但是现在他俩的声音似乎是从一个地方传来的。儿子敏夫显然还有一些空间可以移动，她在上面挖的时候能感觉到他在推瓦砾堆。最终她看到了他的头，急忙把他拉了出来。他的脚被一个蚊帐乱缠成一团，好像被仔细包扎过一样。他说他被直接吹过了房间，妹妹八重子就在他的下面。这时，八重子在底下说动不了，有东西压住了她的腿。中村太太又刨了一会儿，在女儿的上

---

[1] 约为3米。

方清理出一个洞口，开始拉她的胳膊。"疼！"八重子哭道。中村太太大声喊道："现在没时间让你喊疼了。"便猛地把还在抽泣的女儿拉了上来。随后她又救出了美也子。孩子们都是脏兮兮的，身上有瘀青，但没人被割伤或划伤。

中村太太把孩子们带到街上，他们只穿了内衣。尽管那天天气很热，但她在慌乱中却担心他们着凉，于是回到倒塌的房子，从废墟下找到她为突发情况准备的一包衣服。她给孩子们穿上裤子、衬衫、鞋子、一种叫作"bokuzuki"的棉质防空袭头盔，甚至还给他们穿上了外套。孩子们没有说话，除了5岁的美也子不停地问道："为什么是晚上了？为什么我们的房子倒了？发生什么事了？"中村太太不知道发生了什么事，空袭解除警报不是已经响过了吗？她看了一下四周，在昏暗中发现附近所有的房子都倒塌了。为了给隔火带让路而正在拆除的隔壁房屋，现在完全塌了，而为了社区安全而献出自己房子的隔壁邻居，躺在地上已经死了。当地邻组负责人的妻子中本太太满头是血地从街对面走过来，说她的孩子被严重割伤,问中村太太有没有绷带。中村太太没有绷带,但她又爬进了自家房子的废墟,从里面拿出一些她做裁缝时用的白布,撕成条,给了中本太太。她在拿布时看到了缝纫机,于是又回去把它拖了出来。很明显她不能随身带着它,于是她不假思索就把自己的谋生工具塞进了房前的一座水泥蓄水池——每个家庭都按要求建了一个这样的蓄水池,应对可能的火灾。几个星期来,这个蓄水池一直被她视为安全的象征。

慌里慌张的邻居幡谷太太叫中村太太和她一起逃往京桥川附近的浅野公园。浅野公园隶属于富有的浅野家族,这个家族曾拥有东洋汽船株式会社。这座公园被指定为附近地区的避难中心。看到附近一处废墟起火(除了爆炸点的大火是由爆炸本身引发,广岛市大部分地区的火灾是由可燃的碎片落到灶台着火引发的),中村太太说要去救火,幡谷太太说道:"别傻了。如果飞机又来了怎么办?"于是,中村太太带着孩子们和幡谷太太一起前往浅野公园。她背了一个背包,里面装的是为突发情况准备的衣服、一条毯子、一把伞,以及她藏在自家防空洞里的一个手提箱。他们匆忙走过街区，听到从很多废墟底下传来微弱的呼救声。一路上，他们看到唯一还屹立的建筑物是耶稣会的神父宿舍楼，就在美也子曾经上过一段时间的天主教幼儿园旁边。路过的时候，她看到克莱因佐格神父穿着血迹斑斑的内衣，手里拿着一个小手提箱，从房子里面跑出来。

爆炸刚刚结束，当威廉·克莱因佐格神父穿着内衣在菜园里徘徊时，拉萨尔神父从房子外面昏暗中的墙角那儿走出来。他浑身是血，尤其是后背。闪光时，他转身躲避，细小的玻璃碎片都扎到了他身上。克莱因佐格神父仍惊恐不已，但还是问道："其他人在哪儿？"就在这时，其他两位在宿舍楼里的神父走了出来。切希利克神父没有受伤，扶着浑身是血的希弗神父。希弗神父脸色苍白，左耳上方的伤口一直在喷血，把他身上都染红了。闪光后，切希利克神父迅速跑到一个门口——此前他判断这是整栋房子里最安全的地方。爆炸冲击波袭来的时候，他没有受伤。他对此感到很欣慰。拉萨尔神父让切希利克神父带希弗神父去看医生，以免失血过多而死。他建议去找下一个街区的神田医生，或者找六个街区之外的藤井医生。于是，两人就走出教区到了街上。

耶稣会传教士星岛先生的女儿跑过来对克莱因佐格神父说，她的母亲和妹妹被埋在教区后面他们家的废墟下了，神父们这时才注意到，教堂前面的天主教幼儿园老师的宿舍楼也倒塌了。于是，拉萨尔神父和教堂女管家村田太太去救老师，克莱因佐格神父去了传教士家的废墟，搬开最上面的一层废墟残骸。底下没有任何声响。他肯定星岛太太和女儿已经死了。最后，他在原来是厨房一角的地方看到了星岛太太的头。他确信她已经死了，拽着她的头发想要把她拉出来，但是她突然尖叫起来："疼！疼！"他挖开了一些废墟，把她拽了出来。他又设法在废墟中找到了她女儿，把她也救了出来。两人都没有受重伤。

教堂旁边的一个公共澡堂已经着火，但因为是南风，所以火势不会蔓延到神父宿舍来。尽管如此，克莱因佐格神父还是去屋里拿了一些他想要保留的物件。他看到他的房间很诡异，乱成一团。一个急救包完好地挂在墙上的一个钩子上，但他本来挂在另一个钩子上的衣服却不见了。书桌的碎片散落在房间各处，但他原本藏在桌子底下的一个用制型纸[1]做的手提箱却把手朝上、显眼地立在房间门口，毫无损坏。克莱因佐格神父后来觉得这是上天庇佑，因为手提箱里放有祈祷书、教区账本，以及一大笔由他看管的教会现金。他跑出房子，把手提箱藏到了教区的防空洞。

几乎同时，切希利克神父和仍在流血的希弗神父回来了，他们说神田医生的房子已成废墟，而大火挡住了他们前往藤井医生位于京桥川岸边的私人医院的路。

藤井正和医生的医院已经不在京桥川河畔了，而是在河里。房子倒了以后，藤井医生很茫然，由于胸部被"V"形横梁牢牢地夹住，他一开始无法动弹，在昏暗

---

[1] 原文为法语词 papier-mâché，一种复合材料，主要由纸浆和胶质等混合而成，有时用纺织品加固。

中大概挂了20分钟。然后，他突然想到了一件事：潮汐很快就会从入海口而来，那时河水就会漫过他的头。这个想法让他采取了一个冒险的决定：他用尽所有的力气（因为右肩上的伤，他的右臂使不上力）扭动身体，终于挣脱了出来。稍作休息，他爬上一堆木板，找到一条斜架在河岸的长木板，艰难地沿着它爬上了岸。

藤井医生只穿着内衣，又湿又脏。他的背心也破了，鲜血从脸颊和后背的伤口流下来。混乱之中，他向医院旁边的京桥走去。这座桥没有垮塌。没有了眼镜，他的视线有些模糊，但他还是能够看到周围房屋倒塌的数量惊人。在桥上，他遇到了朋友町井医生，困惑地问道："你觉得是什么炸弹？"

町井医生回答道："肯定是'莫洛托夫花篮'。"这是日本人给集束炸弹取的一个好听的别名。

最初，藤井医生只看到两个地方着火，一处在医院的对岸，一处在南向较远的地方。但同时，他和朋友注意到了一些让他们这些医生困惑的事情。他们发现：尽管着火的地方就这几处，但伤员源源不断地走过京桥，很多伤者的脸上和手臂上是可怕的烧伤。"你觉得这是怎么造成的？"藤井医生问道。有一个可以说得通的解释在那天也是一种安慰。町井医生坚持自己的观点。"可能是'莫洛托夫花篮'造成的。"他说道。

早上藤井医生去火车站送朋友的时候没有一丝风，但现在狂风肆起，京桥上吹的是东风。开始有新的地方起火，而且火势迅速蔓延，不一会儿就热浪滚滚、灰烬乱飞，人们再也无法待在桥上了。町井医生沿着没有着火的街道朝京桥川的远处走去。藤井医生走到桥下的河里，那里已经躲了大概20个人，其中就有他医院的工作人员，他们是自己从医院的残骸中爬出来的。在河里，藤井医生看到一个护士的腿挂在医院的碎木板上，另一个护士的上半身趴在木板上。他叫桥下几个人一起帮忙，把两人救了下来。他一度以为听到了侄女的声音，但他找不到她。他再也没有见过她。医院的四个护士和两个病人也死了。藤井医生重新躲进了河里，等待火势减弱。

爆炸后，藤井医生、神田医生和町井医生的遭遇是广岛大部分内外科医生的代表。他们的办公室和医院损毁了,他们的医疗器具散落一地,他们自己不同程度地受了伤,这就能解释为什么那么多的伤员无法及时得到救治,以及为什么那么多本该活下来的人都死了。广岛市大约有150名医生,其中65人已经丧生,剩下的大部分人也都受了伤。在1780名护士中,有1654人死亡或重伤无法工作。在规模最大的红十字会医院,30名医生中只有6人可以行使医生的职责,200多名护士中只有10人可以工作。佐佐木医生是红十字会医院唯一没有受伤的医生。爆炸后,他赶紧去储藏室拿绷带,看到储藏室和医院的其他地方一样混乱:原本放在架子上的药瓶掉在地上碎了,药膏粘在墙上,医疗器具散落一地。他拿了一些绷带和一瓶没有破碎的红药水,迅速跑回外科主任的办公室,包扎了他的伤口,便离开办公室到了走廊,开始包扎在那里受伤的病人、医生和护士。没有眼镜,他有些手忙脚乱,便拿了受伤护士的一副眼镜。尽管眼镜的度数不够,但总比不戴强。(这副眼镜他戴了一个多月。)

佐佐木医生没有进行分拣，直接从最近的病人看过去，他很快就注意到走廊越来越拥挤。医院里的人受的主要是擦伤和割伤，不过，他开始在他们中间发现严重烧伤的患者。他注意到这些伤者是从外面涌进来的。人数非常多，他开始跳过那些只受轻伤的人。他意识到他能做的只有防止伤者流血致死。没过多久，病人要么躺着，要么蹲着，占满了病房、实验室和其他房间的地板、走廊、楼梯、前厅、停车门廊，还有前面的石阶、车道、院子，以及外面街道上四周的街区。受伤的人搀扶着无法走路的人，面目全非的家人依偎在一起。很多人在呕吐。一大批女学生——她们很多人没上课在户外清理隔火带——跟跟跄跄地走进医院。在这个拥有24.5万人口的城市里，将近10万人在原子弹爆炸中丧生，另有10万人受伤。至少有1万伤员到了市里最好的医院。然而，医院仅有的600张床位早就被占满了。这么多伤者涌入，让医院的医疗资源捉襟见肘。医院里人满为患，人们哭泣、呼喊，希望佐佐木医生能够听到，而伤势较轻的人会来拉他的袖子，求他去救救那些伤势较重的人。他穿着袜子跟着伤者走到这头又走到那头，为伤者人数之多、伤势之惨烈感到吃惊，佐佐木医生忘了职业精神，他不再是一个有经验和同情心的外科医生，而是变成了一个机器人，机械地擦拭、涂抹、包扎，擦拭、涂抹、包扎。

对广岛的一些伤者来说，这种住院治疗都是可望而不可即的。在东亚罐头厂原人事部办公室，佐佐木小姐屈身躺在地上，不省人事，被压在一堆书籍、水泥灰、木板和钢板下面。她大概昏迷了3个小时（她后来估算的），醒过来的第一个感觉就是从左腿传来的剧烈疼痛。在书本和废墟之下，四周一片黑暗，清醒和昏迷的界限并不是那么明显。她显然是时而清醒时而昏迷，因为疼痛是来来去去的。在最疼的时候，她觉得左腿从膝盖以下的某个位置被砸掉了。后来，她听到有人走过她头顶的废墟，还有被埋人员从附近的废墟下发出的痛苦的呼救声："救命！请救我们出去！"

克莱因佐格神父用藤井医生前几天给他们的绷带为

希弗神父的伤口止了血。包扎完后，他又跑进宿舍找到了军服上衣和一条灰色旧裤子，换上后便走到了外面。隔壁一个女人跑过来说她丈夫被埋在了房子废墟下，房子着了火，要克莱因佐格神父一定去救他。

面对越来越多的伤亡，克莱因佐格神父已经逐渐有些麻木和茫然。他说："我们没有那么多时间了。"周围的房子都在燃烧，风刮得很大。"你知道他具体在房子底下的哪个位置吗？"他问道。

"是的，是的。"她回答道，"我们快点过去吧。"

他们从房子旁边绕过去，房子的废墟还在剧烈燃烧。但克莱因佐格神父走到那里以后，发现这个女人并不知道她丈夫在哪个位置。他大声喊了几次："有人吗？"没有人回答。克莱因佐格神父对这个女人说："我们必须离开这里，要不然我们都会死。"他回到了教区，告诉主神父因为风向改变，吹起了北风，大火随着风势正在逼近，该撤离了。

就在这时，神父们在幼儿园老师的指示下，看到教区秘书深井先生站在宿舍二楼自己房间的窗前，面朝爆炸的方向，正在哭泣。切希利克神父以为楼梯塌了，所以绕到宿舍后面找梯子。他在那儿听到附近一个垮塌的房顶下有人在呼救。他叫街上跑过的路人帮他一起去抬房顶，但没人停下。他知道他们必死无疑，却也只能离开。克莱因佐格神父又跑进了宿舍楼，爬上早已扭曲、堆满水泥灰和碎木板的楼梯，在房间门口叫深井先生。

深井先生是一个50岁左右的矮个子男人，他缓缓地转过头，脸上挂着一种奇怪的表情，说道："不用管我。"

克莱因佐格神父走进房间，拽着深井先生的衣领说："跟我走，要不然你会死。"

深井先生说道："别管我，让我死在这里。"

克莱因佐格神父开始拽深井先生，想把他拉出房间。这时，一个神学院学生也上来了，他抓住深井先生的脚，克莱因佐格神父抓住他的肩，两人一起把他抬到了外面。"我走不动！"深井先生叫道，"别管我！"克莱因佐格神父拿起装着钱的制型纸手提箱，把深井先生背在自己身上，一行人开始往安全区东阅兵广场走去。他们走出大门的时候，深井先生像孩子一样拍打着克莱因佐格神父的肩，说："我不走！我不走！"克莱因佐格神父转过身对拉萨尔神父莫名其妙地说："我们失去了所有的财产，但没有失去幽默感。"

街上堆满了房屋倒塌时滑落的碎片，以及倒塌的电话线杆和电话线。每隔两三幢房子，就能听到被埋的人从废墟底下发出的呼救声："如果可以的话，请您救救我！"呼救中仍带着日本人特有的一种礼貌。神父们认出其中有些呼救来自朋友家的废墟，但是火势太大，他们已经来不及救援了。深井先生一路呜咽着："让我留下！"前行的路被一片起火的街区阻挡，一行人转而向右走。他们本来准备从坂井桥去东阅兵广场，但是到了以后，看到桥对面是一片火海，就不敢过桥了，决定左转去浅野公园避难。克莱因佐格神父由于腹泻，这些天身体一直很虚弱，现在身后又背了个人，走路开始踉跄。他在往一堆挡住他们去路的房屋残骸上爬的时候，被绊了一下，深井先生从他的背上掉了下来，而他自己也从废墟上像翻跟斗一样滚了下来，摔到了河边。爬起来后，他看到深井先生跑掉了。克莱因佐格神父向站在桥边的几个士兵喊话，叫他们拦住他。克莱因佐格神父正准备跑过去把深井先生拉回来的时候，拉萨尔神父把他叫住，说："我们快走！别再浪费时间了！"于是克莱因佐格神父叫那些士兵照顾深井先生，他们答应了，但这个失去心智的小个子男人很快就从他们身边溜掉了。神父们最后一眼看到他的时候，他正朝大火的方向跑去。

谷本先生担心家人和教堂的安全，沿最近的古井高速公路往那儿跑。他是路上唯一一个往市区方向前行的人。他遇到成百上千的逃难者，每个人看起来或多或少都受了伤。一些人的眉毛烧没了；一些人因为疼痛抬着胳膊，好像抱着什么东西；还有人边走边吐。很多人都赤身裸体，或者身上就披着几块衣服碎片。灼烧在一些裸尸上留下了汗衫肩带或裤子背带的印记，在一些女人的皮肤上（因为白色衣服反射爆炸产生的热量，而黑色衣服吸收热量并把它传导到皮肤上）留下的是她们身上和服花纹的印记。尽管很多人自己受了伤，但仍在帮助伤势更重的亲人。几乎所有人都耷拉着脑袋，眼睛直直地看着前方，一声不吭，脸上没有任何表情。

过了古井桥和观音桥，谷本先生一路跑起来，离市中心越来越近。这一路上，他看到所有的房屋都倒了，好多还已经起火。树木光秃秃的，树干已经烧焦。他试着从几个方向穿过这片废墟，但大火挡住了他所有的去路。从很多房屋的废墟下传来人们的呼救声，但没人伸出援手。那天，大部分幸存者只帮助他们的亲人或隔壁邻居，因为他们无心也无力承受更多的灾难。伤者蹒跚地走过这片废墟和废墟下的人们，谷本先生跑着超过了他们。身为一个基督徒，他内心充满了对这些被埋在废墟下人们的同情，同时身为一个日本人，他对于自己没有受伤感到十分惭愧。他一边跑一边祈祷："上帝保佑他们，把他们救离火海吧。"

谷本先生认为往左走可以绕开大火。他跑回了观音桥，沿着河走了一段路。他试了几次想要过街，但都被大火挡住了。于是，他向最左边走，往横河火车站跑。这个火车站位于广岛市半圆形的城际铁路线上，他沿着铁轨走，直到遇见一辆起火的火车。这一刻他才意识到炸弹造成的破坏程度有多大。他决定往北跑2英里去郊外山脚下的衹园。他一路经过的都是被严重烧伤和划伤的人，因为惭愧，他在匆匆往右离开时对一些人说："原谅我没有像你们一样受伤。"靠近衹园，他开始遇到去城里避难的农民，当他们看到他的时候，一些人惊讶道："看！这人没有受伤。"到了衹园，他直接往太田川右岸冲过去，然后沿着河岸往下游跑，直到被大火阻挡。因为对岸没有着火，他脱掉衣服和鞋子就跳进了河里。到了河中央，那里的水流十分湍急，疲惫和恐惧终于袭来——他已经跑了将近7英里[1]——再也游不动，只能随波漂流。他祈祷道："上帝啊，请帮助我过河吧。如果我现在淹死的话，那我作为唯一没有受伤的人又有什么意义呢？"他又挣扎着游了一段路，终于到了下游的一处沙嘴。

谷本先生爬上岸，沿着河岸跑，直到跑到一座大型神社附近。那里的火势很大，当他向左准备绕过神社的

---

[1] 约为11.3公里。

时候，幸运地遇到了妻子。她抱着刚满周岁的女儿。谷本先生现在已经精疲力竭，没什么事可以让他大吃一惊。他没有拥抱妻子，只是说道："啊，你没事。"她告诉他，她从牛田回到家的时候正好发生爆炸。她抱着孩子被埋在牧师住宅的废墟里。她讲了废墟如何把她压在下面，孩子是如何哭的。她看到一丝光亮，举起一只手臂一点一点地把洞口刨大。大约半小时后，她听到木头燃烧时爆裂的声音。当她终于把洞口挖得足够大时，她先把孩子拖出去，随后自己也爬了出来。她说她现在准备回牛田。谷本先生说他要去看一下教堂并照顾邻组的居民。于是，这对夫妇就这样既随意又茫然地分别了——和他们相遇时一样。

谷本先生为了避开大火走的路线，经过了作为紧急避难中心的东阅兵广场，那里现在是一片触目惊心的景象：地上是一排排烧伤和流血的伤者。那些被烧伤的伤员不断地呻吟着："水，水！"谷本先生在附近的街上找到一个水盆，又在一个只剩框架的房子里找到一个还能出水的水龙头。他开始给那些伤者送水。当他给大概30人送过水后，意识到自己已经逗留了太长时间。"抱歉，"他大声地对身边那些伸手向他要水喝的伤者说，"我还有很多人要照顾。"然后便跑掉了。他拿着水盆回到河边，跳到一处沙嘴上。在那里，他看到几百个因为伤重无法再前行的伤员，他们一看到一个能站起来且没有受伤的人，乞求声再次响起："水，水，水。"谷本先生无法拒绝他们的请求，从河里取了一些水给他们喝——一个错误的行为，因为水又脏又咸。有两三艘小船载着伤员正从河对岸的浅野公园渡河过来，其中一艘靠岸后，谷本先生再次大声地道了歉，然后跳进了船。船把他送到了对岸的公园。在公园的灌木丛里，他找到了几个邻组的负责人，他们根据先前的指示来到公园，也看到了很多熟人，其中就有克莱因佐格神父和其他天主教神父，但他没看到好朋友深井先生。"深井先生在哪里？"他问道。

"他不愿和我们一起来，"克莱因佐格神父答道，"他又跑回去了。"

佐佐木小姐听到和她一起被压在罐头厂废墟下的人的

声音，就开始和他们讲话。她发现离她最近的是一个被征召到工厂工作的高中女生，女孩说她的背被砸断了。佐佐木小姐回答道："我躺在这里动不了。我的左腿被砸掉了。"

过了一会儿，她再次听到有人从废墟上面走过的声音，那个人走到一头，开始挖掘。挖掘者救出几个人，当他挖开高中女孩上面的瓦砾时，女孩发现自己的背竟然没有断，她爬了出去。佐佐木小姐向救援者求救，于是他朝她挖去。他搬掉一大堆书，打通了一条通向她的通道。她看到他满头大汗地说道："爬出来，小姐。"她尝试了一下。"我动不了。"她说道。这个人又搬掉了一些书，叫她用尽全力爬出来。但是那些压在她臀部的书太重了，这个男人最终看到一个很重的横梁把书架压在下面。"等一下，"他说道，"我去拿一个撬棍。"

这个男人去了很久，当他回来的时候，脾气很不好，就好像她的困境是自找的一样。"我们没有多余的人可以帮你，"他在通道那头喊道，"你必须自己爬出来。"

"这不可能，"她说道，"我的腿……"那个人离开了。

许久之后，几个男人过来把佐佐木小姐挖了出去。

她的左腿没有被砸掉，但完全被压断了，而且有严重割伤，歪歪扭扭地挂在膝盖骨下面。他们把她抬到院子里。外面在下雨，她淋着雨坐在地上。雨越下越大，一些人开始指挥伤者去工厂的防空洞躲雨。"快跟上，"一个衣衫褴褛的女人对她说道，"你可以跳过去。"但佐佐木小姐动不了，她就坐在雨中等着。一个男人拿来一块巨大的铁皮瓦楞板支起一个简易棚，把她抱进了里面。她对他满是感激之情，如果不是他后来又带来两个恐怖的重伤者——一个整个乳房被烧掉的女人和一个整张脸被烧得血肉模糊的男人——与她一起在这个简易棚里躲雨。之后再也没有人来过。雨停后，阴天的午后气温很高。夜幕降临前，铁皮简易棚里这三个惨不忍睹的伤员开始发出臭味。

天主教神父们所属的登町邻组的前负责人是一个叫吉田的男人，精力充沛。他负责该区防空事务的时候吹嘘说，即便大火吞噬整个广岛，也绝不可能靠近登町。原子弹的冲击波掀翻了他的房子，一根托梁压住了他的双腿。他能清楚地看到街对面耶稣会的宿舍楼，以及匆匆经过的行人。中村太太带着她的孩子，克莱因佐格神父背着深井先生。他们茫然地疾走而过，并没有看到他。他只是他们仓皇逃离路上模糊视线中满目疮痍的一部分，没人回应他的呼救声。那么多人在呼救，他们分辨不出他的声音，和其他所有人一样都走掉了。登町已经被完全遗弃，大火开始吞噬这片地区。吉田先生看到木结构的教区宿舍楼——这个区域唯一还屹立的建筑物——冒出一簇火苗，他的脸被热浪灼得难受。火苗不一会儿就沿着街道蔓延到了他的房子。恐惧让他自己从托梁下挣脱了出来。他在熊熊大火中跑过登町的小巷。片刻之间，他的举止行为就变成了一个老人；两个月后，他的头发全白了。

藤井医生为躲避大火的热浪，把脖子以下都埋在了河面下。风势越来越大。尽管水面很狭小，但水位越升越高，很快躲在桥下的人就站不稳了。藤井医生向岸边靠拢，蹲下身，用那只没有受伤的手臂抱住一块大石头。

后来周围有了一些空隙，藤井医生和他的两个护士沿着河岸往上游，挪动了大概200码[1]，到了浅野公园附近的一个沙嘴。很多伤员躺在那儿，町井医生和他的家人也在。爆炸时，他的女儿正在户外，她的手上和腿上都有严重的灼伤，幸运的是脸上没有。尽管藤井医生的肩膀疼得厉害，但是他还是好奇地查看了女孩的灼伤，然后才躺下。尽管周围满目疮痍，但是他为自己的仪表感到羞愧，他对町井医生说，他穿着血迹斑斑的破烂内衣就像乞丐一样。下午，火势开始减弱，他决定去郊外长束的父母家。他叫町井医生和他一起去，但是因为女儿的伤势，町井医生说要和家人在沙嘴上过夜。于是，藤井医生和他的护士一起先走到牛田。在那里，他在还未完全损毁的亲戚家里找到了他之前存放的急救物品。两个护士先帮他包扎，然后他又给她们包扎。他们继续往前走。街上的行人不算多，但大量的伤员在人行道上坐着或躺着，有的在呕吐、等死，有的已经死了。一路上，

---

[1] 约183米。

他们看到的尸体数量多得让人困惑。藤井医生怀疑一枚"莫洛托夫花篮"能否造成这一切的惨状。

藤井医生在晚上抵达距市中心5英里的父母家,但房子的屋顶已经坍塌,所有的窗户玻璃也都碎了。

一整天,人们都不断涌入浅野公园。这个私人花园距离爆炸中心很远,里面的竹林、松树、桂花树、枫树都还活着,这个绿意盎然的地方吸引着人们前来避难——部分是因为人们认为如果美国飞机再次来袭,他们只会轰炸建筑物;部分是因为人们觉得绿色植物象征着凉爽和生机,而且公园里精心雕琢的岩石庭园和平静的水塘、拱桥非常亲切、自然和安全;也有部分是因为人们(根据一些在公园里避难过的人的说法)想要躲到丛林里去的动物本能。中村太太和孩子们是最先抵达的那一批人,他们在河边的竹林里待了下来。他们都感到口渴万分,直接喝了河里的水,立刻感到恶心,开始呕吐,持续了一整天。其他人也感到恶心,他们都认为身体不适是因为美国飞机投下了毒气弹(可能是因为刺鼻的电离子味道，也就是原子弹裂变产生的一种放电味）。当克莱因佐格神父和其他神父进入公园后与遇到的朋友点头致意时，中村太太和孩子们正难受地卧倒在地。一个居住在教区附近名叫岩崎的女人坐在中村太太附近，她站了起来，问神父们应该待在这里还是和他们一起走。克莱因佐格神父回答道："我根本就不知道哪里是最安全的地方。"于是她待在了原地。那天晚些时候，尽管身上没有明显的外伤，但她还是死了。神父们继续沿着河边走，在一处灌木丛边坐了下来。拉萨尔神父躺下后就直接睡着了。那个神学院学生还穿着拖鞋，随身带了一包衣物，里面有他准备的两双皮鞋。他刚和其他人一起坐下，发现包开了一个口子，一双没了，只剩了两只左脚的。他顺着原路走回去，找到了一只右脚的。回来后，他对神父们说道："真好笑，那些原本重要的东西失去了意义。昨天这两双鞋子还是我最重要的东西，今天我却不在乎了。一双就够了。"

切希利克神父说道："我明白。一开始我也想把书带上，但随后就想到，我哪有时间看书啊。"

谷本先生拿着水盆走到公园的时候，里面已经很挤了。而且要分清活人和死人也不容易，因为大部分人都睁着眼躺在地上，一动不动。对西方人克莱因佐格神父而言，河边寂静的竹林是他一生中见过的最令人惊惧的惨烈场景。几百个重伤者一起躺在那里，伤者都一声不吭，没人哭泣，更没有人痛苦地喊叫，没人抱怨，那么多人死去，都没有发出声响。甚至孩子也没有哭闹，几乎没有人讲话。克莱因佐格神父把水端给那些伤者喝，他们的整张脸几乎都被热辐射灼得血肉模糊，但是喝完后他们都还微微起身向他点头致谢。

谷本先生向神父们打了招呼，便四处寻找其他朋友。他看到卫理公会学校校长的夫人松本太太，询问她是否口渴。她说是。于是他走到浅野公园岩石庭园里的一个水塘，用水盆给她打来了水。他决定回教堂。他沿着神父们逃出来的路线往登町走去，但没走多远，沿街猛烈的大火就把他逼了回来。他走到岸边，希望找一艘船，把部分重伤者从浅野公园送到对岸，远离蔓延的火势。很快他就发现一艘挺大的平底船搁浅在岸边，但船里面和四周却是一幅恐怖的景象——五具尸体，几近裸体，身上都有严重的灼伤，看得出几乎是在同一瞬间死去的，从他们死后的姿势可以看出他们当时是想要一起把船推到河里去。谷本先生把他们从船边搬开，其间感到十分恐惧，觉得打扰了死者。有一个片刻，他觉得自己在阻碍他们启程去另一个世界。他大声说道："请原谅我用你们的船，我必须用它来帮助那些还活着的人。"尽管平底船很重，但他还是设法把它推到了河里。船上没有桨，他唯一能找到用来划船的是一根粗竹竿。他把船划到了上游公园最拥挤的地方，开始把伤员摆渡到对岸。他一次能在船上载10到12名伤者，但河中央的水很深，无法撑竿过去，只能用竹竿划过去，因此每一趟都需要花很长时间。他这样来回摆渡了几个小时。

午后不久，大火蔓延到了浅野公园的树林。谷本先生划船回来，看到很多人开始朝河边移动，才知道着火了。一靠岸，他就跑上岸查看，看到大火的时候，他大声喊道："所有没受重伤的年轻人跟我走。"克莱因佐格神父把希弗神父和拉萨尔神父扶到靠近河边的地方，嘱咐那里的人，如果看到火势靠近，就带两位神父过河，随后自己加入了谷本先生的志愿者队伍。谷本先生派了一些人去找水桶和水盆，让另外一些人用衣服去扑火。找到水桶和水盆后，他让人们从岩石庭园的水塘排成一条长龙取水灭火。他们灭了两个多小时，终于逐渐把火扑灭。谷本先生带着人在灭火的时候，惊恐的人们开始一点一点地往河边挤，最终人群把那些不幸最靠近河岸的人挤到了河里。被挤到河里淹死的人里就有卫理公会学校校长的夫人松本太太和她的女儿。

当克莱因佐格神父救完火回来时，发现希弗神父的伤口还在流血，脸色苍白，几个日本人围在旁边，盯着他。希弗神父虚弱地笑道："他们让我觉得自己好像已经死了。""还没呢。"克莱因佐格神父说道。他随身带着藤井医生给他们的急救包，记得自己在浅野公园的人群里看到过神田医生。于是，他找到神田医生，问他能不能给希弗神父包扎伤口。神田医生经历了早上妻女在医院废墟下的惨死，现在双手捧着头坐着。"我做不了。"他说道。克莱因佐格神父在希弗神父头上又缠了一些绷带，把他移到一个斜坡边,让他头朝上靠在那里,很快出血就变少了。

这时人们听到飞机飞临上空的轰鸣声。人群中,坐在中村太太附近的一个人大喊道:"美国飞机来炸我们了!"一个叫中岛的面包师站起来指挥道:"请每个穿白色衣服的人都把衣服脱掉。"中村太太脱掉了孩子们的白色衬衫,打开雨伞,让他们躲在下面。很多人——甚至包括那些被严重灼伤的伤者——往灌木丛爬去,躲在里面,直到嗡嗡声消失。轰鸣声显然来自侦察机或气象飞机。

天空开始下雨,中村太太让孩子们待在伞下。雨滴开始大得有些反常,一些人喊道:"美国飞机在喷洒汽油。他们要放火烧我们!"(这个警告是基于公园里流传的关于广岛那么多地方着火的一个解释:一架飞机对这个城市喷洒汽油,然后设法在一瞬间点火。)但雨滴是普通的水滴,随着降雨,风势也越来越猛烈。突然之间——可能是由于城市燃烧的火焰产生的强大对流风——一阵旋风席卷公园。大树被吹倒,小树被连根拔起,吹到了空中。屋顶铁皮、纸片、木板、碎草席条等一堆东西被吸附在空中一个漏斗状的气旋里。克莱因佐格神父用布盖住希弗神父的眼睛，怕这个虚弱的伤员看到眼前的场景以为自己疯了。狂风把坐在河边的教堂女管家村田太太吹到了堤岸下面的一个岩石浅滩，她回来时光着脚，鲜血直流。后来这阵旋风转移到了河面上，形成一个水龙卷，直到最终消失。

暴风过后，谷本先生又开始摆渡伤员。克莱因佐格神父让那位神学院学生过河去长束的耶稣会修道院（距离市中心3英里[1]），请那里的神父来帮希弗神父和拉萨尔神父。于是那位神学院学生坐进谷本先生的船离开了。克莱因佐格神父问中村太太，到时是否想和他们一起出城去长束。她说她有行李，而且孩子们都病了——她和孩子们还在不停地呕吐——因此，她担心自己走不动。他说他觉得明天修道院的神父过来时会带手推车来载她。

下午晚些时候，谷本先生上岸待了一会儿。很多人开始指望他的安排和行动。他听到人们在乞求食物。他

---

[1] 约为4.8公里。

与克莱因佐格神父商量后，决定回市中心的邻组防空洞和教区防空洞拿一些大米。切希利克神父和其他两三个人跟他们一起去。一开始，穿行在成排的房屋废墟之中，他们有些迷路。这个早上还拥有24.5万人口的繁忙城市，在下午却只剩下一片废墟，改变太过突然。被大火炙烤过的柏油路又软又烫，走在上面非常不舒服。路上他们只遇到一个女人，经过的时候，她说道："我丈夫就在那片灰烬里。"到了教区后，谷本先生一行人继续前行，克莱因佐格神父惊愕地看到宿舍已经被夷为平地。他去防空洞时经过菜园，注意到挂在藤上的一个南瓜已经烤熟了。他和切希利克神父尝了一下，发现味道很好。他们惊讶地发现自己原来已经这么饿了，便吃了很多。他们取出了几袋米，又摘了一些烤熟的南瓜，从地底下挖了一些已经完全烤熟的土豆，开始往回走。谷本先生一行人在路上与他们重新会合，其中一人拿着炊具。回到公园，谷本先生组织了一些来自邻组的轻伤妇女煮饭。克莱因佐格神父给中村太太一家拿去了一些南瓜，他们尝了一下，但不合胃口。所有的米加起来，足够近百个人吃了。

夜幕降临之前，谷本先生碰到了一个20岁的年轻女人，她是谷本先生家的隔壁邻居蒲井太太。她双手抱着刚出生的女儿蜷缩在地上。这个婴儿显然死了有一段时间了。蒲井太太看到谷本先生时跳了起来，说道："你能帮我找到我丈夫吗？"

谷本先生知道她丈夫在昨天被征召入伍了。昨天下午，他和太太还招待过蒲井太太，希望她忘掉不愉快。蒲井先生报到的部队是中国区陆军司令部，位于市中心的古堡附近。那里驻扎着一支4000人左右的军队。这一整天来，谷本先生看到的伤残士兵实在太多了，他猜测兵营早就被这个袭击广岛——却不知道是什么——的东西重创了。他知道即便去找，找到蒲井先生的机会也微乎其微。但他想要安慰她。"我会的。"他说道。

"你必须找到他，"她说道，"他非常爱我们的孩子，我希望他能再看孩子一眼。"

深入调查

原子弹爆炸的那天傍晚，一艘日本军舰缓缓地沿着广岛七条支流行驶，不时地在躺有几百伤员的沙嘴边、挤满伤员的桥边停下来进行广播。天色暗下来的时候，军舰最终停在了浅野公园的对岸。一位年轻的军官站在军舰上用扩音喇叭喊道："请保持耐心！一艘海军医疗船正在驶来照顾你们！"在满目疮痍的对岸看到这艘完好的军舰和这位从容不迫、穿戴整齐的军官，最重要的是医疗救助的承诺——这是人们在惊魂未定的12小时内第一次听到可能的"救援"——让公园里的人们大受鼓舞。中村太太听到会有医生来给他们看病的保证后安下了心。谷本先生重新帮助伤员渡河。克莱因佐格神父躺下身，自己一个人念了《主祷文》和《圣母经》后，就睡着了。但没过多久，他就被虔诚的教堂女管家村田太太推醒了，她问道："克莱因佐格神父！你记得做晚间祷告了吗？"他有些不耐烦地答道："当然。"随后就想继续睡觉，但却睡不着了。这显然就是村田太太想要的结果，她开始与这位疲惫的神父聊天。她问的一个问题是，修道院的神父什么时候可以到公园来帮助拉萨尔神父和希弗神父撤离，以及哪几位神父会来。

　　克莱因佐格神父派去的送信人——住在神父宿舍里的那位神学院学生——在4点半抵达3英里外山谷里的修道院。那里的16位神父正在郊区进行救援工作。他们十分担心城里的同事，但不知道如何去找或者去哪里找他们。当下他们匆匆用杆子和木板做了两个担架。神学院学生带领其中6个人向市中心的废墟出发。他们沿着城区上方的太田川，一路摸索着往前走。有两次，大火的热浪迫使他们躲进了河里。在三朝桥，他们碰到了一列长长的奇怪队伍，从市中心的中国区陆军司令部撤离。所有人身上都有恐怖的灼伤，他们要么拄着拐杖，要么互相搀扶。受到灼伤的马匹病恹恹的，耷拉着脑袋，站在桥上。一行人到达公园的时候，夜幕已经降临。因为下午的狂风，公园里到处都是倒下的大大小小的树，他们走得极为困难。最后——在村田太太问克莱因佐格神父后不久——他们走到了朋友的身边，递给他们酒和浓茶。

神父们商量如何把希弗神父和拉萨尔神父送去修道院。他们担心走出公园的这一段路太不平坦，抬着的担架会颠簸得很厉害，两位伤者会失血过多。克莱因佐格神父想到了谷本先生和他的船，就去河边叫他。谷本先生靠岸后，说他很乐意载两位受伤的神父及抬担架的神父去上游，到可以找到一条平坦道路的地方再把他们放下。神父们把希弗神父放到其中一副担架上，把他抬进船里，两个抬担架的神父也一起坐进了船里。谷本先生还是没有桨，撑着竹竿往上游划去。

半个小时后，谷本先生回来了，激动地让剩下的神父帮他去救两个孩子，他看到她们站在河里，只有肩膀以上露出水面。一群人过去把她们救了上来——两个与家人走散的女孩,身上都有严重的灼伤。神父们把她们仰面平放在克莱因佐格神父旁边的地上,然后把拉萨尔神父抬上船。切希利克神父觉得自己可以徒步去长束,于是就和其他人一起坐上了船。克莱因佐格神父太虚弱了,决定在公园等他们第二天来。他叫他们推一辆手推车过来,这样就可以载中村太太和她生病的孩子们一起去长束了。

谷本先生再一次撑船离开。船载着神父们缓缓地向上游驶去时,他们听到微弱的呼救声。一个女人的声音分外清晰:"这里的人们快要被淹死了!救救我们!水在往上涨!"声音是从其中一个沙嘴传来的,透过大火燃烧的火光,他们从船上看到一些伤者躺在河边,一部分人已经被潮水淹没。谷本先生想去帮助他们,但神父们担心如果不快走的话,希弗神父可能会死,他们催促谷本先生继续走。谷本先生把他们送到了他之前放下希弗神父的地方,然后独自向沙嘴撑去。

那天晚上很热，因为火光冲天，所以感觉更热，但谷本先生和神父们救来的两个女孩中的妹妹对克莱因佐格神父说她冷。克莱因佐格神父把自己的外套盖在了她身上。这对姐妹在获救之前在咸水中站了好几个小时。妹妹身上有一块血肉模糊的灼伤，面积很大，咸河水一定让她疼得不行。她开始剧烈地颤抖，还是说冷。克莱因佐格神父向旁边的一个人借了一条毯子，把她裹了起来，但她抖得越来越厉害，还是说道："我好冷。"然后，她突然停止了颤抖，死了。

谷本先生发现沙嘴上大约有20个男人和女人。他把船靠岸，催促他们上船，但他们没有动，他意识到他们虚弱得站不起来。他跳下船走过去，用手拉一个女人，但她手上的皮肤就像一副大手套一样滑落下来。这让他感到一阵恶心，他不得不坐下来休息片刻。尽管谷本先生是一个小个子男人，但他还是把几个赤身裸体的人搬到了船上。这些人的背和胸都黏糊糊的，他沉痛地想起这一天来看到的那些触目惊心的灼伤：一开始伤口是黄色，然后红肿，皮肤脱落，最后到晚上化脓发臭。由于涨潮，现在竹竿就太短了，大部分路程他都必须划过去。在对岸一个地势较高的沙嘴，他把这些奄奄一息、黏糊糊的伤者搬下船，把他们放在一处远离潮水的斜坡上。他不得不有意识地告诉自己："他们是人！"这样划了三趟，他才把他们都送过岸。做完这一切后，他决定休息一会儿，就回到了公园。

当谷本先生走上黑漆漆的河岸时，他被什么绊了一下，一个人气愤地说道："小心点！这是我的手。"谷本先生既为踩到伤者感到惭愧，又为自己能够直立行走感到尴尬，他突然想到海军医疗船并没有来（事实上从未来过）。有片刻，他对军舰上的人和所有的医生都感到无可抑制的愤怒，杀了他们的心都有。为什么他们不来帮帮这些人？

藤井医生晚上睡在郊外老家的地上，房子的屋顶已经垮塌，他的身体疼得厉害。借着灯笼的光，他检查了一下自己的伤势，发现：左锁骨骨折；脸和身体上有多处擦伤和划伤,下巴、背部和腿上有很深的伤口;胸部和躯干有大面积的瘀青;几条肋骨可能断了。如果不是受了这么重的伤,他会在浅野公园帮助那些伤者。

傍晚时分,大约有1万名爆炸受害者涌入了红十字会医院。佐佐木医生已经累得虚脱,仍戴着从受伤的护士那里拿来的眼镜,拿着一捆捆绷带和一瓶瓶红药水机械地走在走廊里,看到受伤最重的伤者就包扎。其他医生用生理盐水浸泡过的纱布去敷最严重的烧伤。他们能做的只有这些了。天黑后,他们借着市区里的火光和仅剩的10个护士在旁边给他们拿着的蜡烛给病人看病。佐佐木医生一整天都没往医院外面看,医院里面的景象已经如此可怕,令人窒息,他没有去想窗户和大门之外发生了什么。屋顶和隔断墙已经坍塌,水泥灰、尘土、血和呕吐物到处都是。病人成百上千地死去,但没有人把尸体搬走。一些医院的人在分发饼干和饭团,但尸臭味太冲了,几乎没人觉得饿。到第二天凌晨3点,佐佐木医生已经连续工作了可怕的19个小时,再也没有力气给病人包扎了。他和其他几个幸存的医务人员拿了草席走到外面——数千个病人和数百具尸体躺在院子和车道上——匆匆绕到医院后面，找了一个隐蔽的地方躺下，想要抓紧时机睡一会儿。但不到一个小时，伤员就找到了他们，周围开始都是抱怨声："医生！帮帮我们！你们怎么能睡觉呢？"佐佐木医生起身，重新回到了工作中。那天早上，他第一次想到30英里以外在向原家里的母亲。他通常每晚都会回家，担心她以为他死了。

一个救援小分队在上游神父们上岸的地方附近放了一大箱年糕，这显然是他们给躺在那儿的伤员带去的，但未分发。在把受伤的神父撤离出去之前，几位神父把年糕分发给了周围的伤员，自己也吃了点儿。几分钟后，一队士兵出现，听到神父们在讲外语，一个军官拔出刀，歇斯底里地问他们是什么人。其中一位神父设法让他冷静下来，解释说他们是德国人——盟友。那个军官道了歉，说有传闻说美国佬已经登陆了。

神父们决定先送希弗神父去修道院。当他们准备离开的时候，拉萨尔神父说他觉得非常冷。其中一位神父脱下外套，另一位脱下衬衫，他们都很乐意在这么闷热的夜里少穿一些。神父们抬着担架开始出发。那个神学院学生在前面带路，并警告其他人注意地上的障碍物，但其中一位神父的脚被电话线缠住绊倒了，他这一边的担架就掉了下来。希弗神父从担架上滚了下来，失去了意识，并在苏醒后开始呕吐。神父们把他扶上担架，抬着他继续往城市的边缘走去。到了郊外，他们把希弗神父交给在那儿等他们的几位神父，随后他们又返回城里，接上主神父。

拉萨尔主神父的后背嵌入了无数的碎玻璃，因此，躺在木板担架上让他极其痛苦。接近市郊的时候，一行人不得不绕过一辆着火的汽车，走一条狭窄的道路。其中一边抬担架的神父在黑暗中没看清楚路，掉进了一个深坑里。拉萨尔神父掉到了地上，担架也摔成了两半。一位神父先去修道院取手推车，但是他很快就在一栋空房旁边找到一辆推了回去。神父们把拉萨尔神父抬到手推车上，一路颠簸着把他推到了修道院。长束修道院的院长在成为神父之前是一名医生。他清洗了两位神父的伤口，把他们安置到干净的床铺上，他们感谢主给予的帮助。

有数千人没有得到任何帮助。佐佐木小姐就是其中的一个。她被无助地遗弃在罐头厂院子里的那个简易棚里，旁边就是那个失去乳房的女人和那个脸被烧得不成样的男人。因为腿上的伤，她那晚疼得厉害，一点没睡，也没有和那两个同样睡不着的同伴讲话。

公园里，村田太太整晚都在和克莱因佐格神父说话，让他没法睡觉。中村太太和孩子们也没法入睡，孩子们尽管非常不舒服，但对发生的事情满是好奇。城里一个天然气罐爆炸燃起一个巨大的火球，他们都兴奋极了。儿子敏夫大声叫其他人看倒映在河面上的火光。在长时间的奔波和好几个小时的救援工作后，谷本先生睡得极不安稳。醒来后，他在黎明的第一缕曙光中望向对岸，发现昨晚他把那些溃烂、无力的人安置在沙嘴上的地方不够高。潮水已经淹没了那个地方，他们根本无力挪动，一定是淹死了。他看到大量的尸体漂浮在河面上。

8月7日一大早，日本广播播报了第一条简短声明。然而，在最想要了解爆炸情况的广岛幸存者中，只有极少数人听到了这条广播："广岛受到几架B-29轰炸机的袭击，遭受了巨大的损失。日本当局相信美国使用了新型炸弹，具体的细节正在进行调查。"他们也不可能调到短波电台收听美国总统发表的关于新型炸弹是原子弹的特别声明："这个炸弹的威力比2万吨TNT炸药还要大。它的威力是迄今为止战争史中使用的最大威力的英国'大满贯'（Grand Slam）炸弹的2万多倍。"关于"到底发生了什么"这个问题，那些仍有精力担心的受害者会想要答案，他们会用一种原始、幼稚的词汇讨论——可能是飞机喷洒了汽油，或可燃气体，或集束燃烧弹，要么可能是伞兵做了这些。但是，即便他们知道了真相，大多数人因为太忙或太虚弱，或伤势太重，不会去在意他们是人类历史上第一颗原子弹袭击的目标这一事实。（短波电台的播音员还大喊）除了美国，没有哪个国家拥有制造这种原子弹的技术，只有愿意花20亿美元进行一次重要的战时赌博，才可能研发出来。

谷本先生还在为医生的事生气。他决定亲自去带一个医生来浅野公园——如果有必要的话，他会拽着对方的脖颈把他拉过来。他过了河，穿过昨天与妻子短暂相遇的那座神社，然后走到东阅兵广场。长期以来，这块地方就被指定为撤离区域，他认为在那里可以找到一个救治站。他确实找到了一个由军队医疗队搭建的救治站，但也发现数千名的伤员和尸体躺在他们前面的广场上，这些医生都在超负荷工作。不管如何，他走到其中一个军医面前，用尽可能重的语气责备道："你们为什么不去浅野公园？那儿很需要你们。"

那个医生连头都没有抬，疲惫地说道："这里是我的驻地。"

"但河岸那儿好多人快要死了。"

"我的首要职责，"这个医生说道，"是医治那些受轻伤的人。"

"河岸上有很多人都受了重伤，你为什么要这样？"

医生走向下一个病人。"在现在这种紧急情况下，"他像背手册一样说道，"首要任务就是尽可能多地救人，能救多少是多少。那些受重伤的人已经没有什么希望，他们肯定会死。我们就别白费力气了。"

"也许从医学角度来讲你是对的——"谷本先生刚准备说下去，但当他望向广场，看到很多尸体就放在活人旁边，他话没说完就转身走了，开始生起自己的气来。他不知道做什么，他向公园里的那些奄奄一息的伤员保证过要带人来救他们。他们可能会带着被欺骗的感觉死去。他看到广场的一边有一个食品分发点，走过去要了一些年糕和饼干，没有医生，他只能带这些回去。

那天早晨仍然十分炎热。克莱因佐格神父借来一个瓶子和一个水壶去给伤员取水。他听说浅野公园外面可能有干净的自来水，就穿过岩石庭园，爬过或钻过倒塌松树的树干。他发现自己很虚弱。公园里有很多死人。

在一座漂亮的拱桥上，他经过了一个赤身裸体、尚有一丝气息的女人，她从头到脚被烧得没有一块完好的皮肤，并且伤口已经红肿。在靠近公园入口处，一个军医正在救治伤员，但他手上唯一的药品就是碘酒，他用来涂割伤、擦伤、黏滑的烧伤等所有的伤——但现在他涂抹后的伤口都开始流脓。在公园的大门外，克莱因佐格神父找到了一个仍能使用的水龙头——来自一栋倒塌房屋的水管——他把手里的容器接满后往回走。他把水分给伤员后，又去取了一次水。这一次，桥上的女人已经死了。在取水回来的路上，他在绕过一棵倒下的树时走错了方向。他在树林里找回去的路时，听到从灌木丛里传来的声音："你有喝的吗？"他看到一个士兵。拿着水走过去的时候，他以为那里只有一个士兵，但穿过灌木丛后，他看到那里大概有20人。他们身上的伤同样恐怖：整张脸都被灼伤，眼窝深陷，有液体从熔化的眼睛流到脸颊。（爆炸的时候，他们一定是仰面朝天；他们可能是防空兵。）他们的嘴都已经肿胀化脓，这让他们无法把嘴巴张到茶壶嘴的大小。于是克莱因佐格神父拔了一大棵草，扯出茎秆，做了一个吸管，让他们用这个喝水。其中一个人说道："我什么都看不见。"克莱因佐格神父尽可能欢快地答道："公园入口处有一个医生。他现在很忙，但我想他很快就会过来给你治眼睛的。"

那天后，克莱因佐格神父回想过去他看到伤口时有多不舒服，别人手指上的割伤都能让他犯晕。然而，在这个公园里，他是如此麻木，离开那个可怕的景象后不久，他在一座池塘边停下，与一个受轻伤的人讨论，水面上浮着的死鲤鱼有2两英尺[1]长，肥肥的，不知道能不能吃。经过一番探讨后，他们觉得这不是一个明智的想法。

第三次取水后，克莱因佐格神父走到了岸边。在那里的尸体和垂死的伤者中间，他看到一个年轻的女人用针在缝补一件稍微有点撕破的和服。克莱因佐格神父善意地取笑道："天哪，你真是一个爱漂亮的女人！"她笑了。

---

[1] 约为0.6米。

他感到很疲惫，就躺了下来。他开始与昨天下午遇到的两个可爱的孩子聊天。他了解到他们姓片冈，女孩13岁，男孩5岁。女孩在爆炸的时候正准备去一家理发店。一家人出发来浅野公园时，他们的母亲决定回去拿一些食物和衣服。他们在逃难的人群中与母亲走散了，再没见到她。偶尔，当他们说得正高兴时会突然停下来，哭着想起妈妈。

让公园里所有的孩子都保持遭逢大难的感觉，是很困难的。当中村敏夫看到朋友佐藤正一和他的家人坐船向上游驶去时，他兴奋地跑到岸边挥手，并大声地喊道："佐藤！佐藤！"

那个男孩转过身也喊道："谁呀？"

"中村。"

"你好，敏夫！"

"你们都好吗？"

"是的，你们呢？"

"是的，我们都好。我两个妹妹还在吐，但我没事。"

克莱因佐格神父在炎热的天气下开始感到口渴难

耐，却没有足够的力气再去取水了。中午前，他看到一个日本女人在分发东西。她很快就走到他面前，和蔼地说道："这是茶叶。嚼了它，年轻人，你就不会感到口渴了。"这个女人的亲切让克莱因佐格神父突然很想哭。几个星期来，日本人日益强烈的排外情绪让他备感压抑，他甚至与日本朋友在一起时也感到心神不定。这个陌生人的行为让他有一点激动。

中午时分，修道院的神父推着手推车抵达公园。他们已经去过市区的教会宿舍，从防空洞里找回几个手提箱，还在礼拜堂的废墟下捡回一些熔化了的教堂器皿。他们把克莱因佐格神父的制型纸手提箱和村田太太以及中村太太一家人的行李装到了手推车上，把中村太太的两个女儿也抱到了车上，准备出发。这时，其中一位神父突然想到一件事：很久以前他们接到通知说，如果财产在敌人的袭击中遭受损失，他们可以向县警察局提出赔偿申请。神父们就在公园里讨论起这件事情，周围是安静得像死人一般的伤员。他们认为克莱因佐格神父是被损毁教区的前居住人，所以该由他去提出索赔。于是，其他人推着手推车出发，而克莱因佐格神父与片冈姐弟道别后徒步前往警察局。来自另一座城市的警察穿着干净的制服，接管了派出所，一群肮脏、衣冠不整的市民围在他们周围，大部分是询问失踪的家人。克莱因佐格神父填好一张赔偿申请表格后，就开始步行穿过市中心前往长束。直到这时他才看到整个城市的损毁程度。他经过一片片废墟，即便已经见证了公园里的一切，他还是震惊得屏住了呼吸。到修道院的时候，他已经精疲力竭。在躺床上之前，他做的最后一件事是叫人回去找失去母亲的片冈姐弟。

断了腿的佐佐木小姐和两个令人毛骨悚然的同伴在那块铁片下待了两天两夜，其间没人来过。她唯一一次分神是从简易棚的一角看到一些男人下到工厂的防空洞里，用绳索把一些尸体拖上来。她的腿开始变色、肿胀并腐烂。在那么长的时间里，她既没有食物也没有水。在第三天——8月8日，一些以为她死了的朋友来找她的尸体，发现了她。他们告诉她，爆炸的时候，因为她的弟弟病了，她的母亲、父亲和还是婴儿的弟弟都在田村儿童医院。由于医院已完全损毁，他们一定也都死了。随后，她的朋友留她一个人慢慢接受这个消息。后来，一些男人拉住她的胳膊和腿把她从地上抬起来，走了很长一段路后把她放进一辆卡车里。卡车在崎岖不平的道路上行驶了大约1个小时，佐佐木小姐以为自己已经对疼痛麻木了，却发现并非如此。到达井口地区的一个救治站后，有人把她抬了下去，由两位军医照看她。其中一位医生刚碰到她的伤口，她就晕了过去。醒过来的时候，她正好听到他们在讨论是否需要截肢。一个人说伤口有气性坏疽，如果不截肢的话会没命的；另一个人说那可太糟了，因为他们没有做截肢手术的设备。她又昏了过去。再次醒来的时候，她正躺在一个担架上不知要去哪里。最后她被放上了一艘开往附近似岛的军舰甲板，前往那儿的一所军队医院。又有一个医生检查了她的腿，说她并没有气性坏疽，不过她的腿确实有一处相当严重的开放性骨折。他冷漠地说他很抱歉，但这是一所只收治手术病人的医院。由于她没有气性坏疽，所以必须当晚就回广岛。但随后这个医生量了她的体温，看到温度计的时候，他决定让她留下来。

8月8日那天，切希利克神父进城找深井先生——那个不愿和他们一起逃离着火的城市，失心疯似的跑回去的教区秘书。切希利克神父从观音桥周围的区域开始搜寻，那里是神父们最后一次见到他的地方。他又去了东阅兵广场，猜想他可能会去这个避难中心，在那里的伤员和死人中间寻找。他还去县警察局询问过，但没有找到深井先生的任何踪迹。当天晚上回到修道院，在教区宿舍与深井先生同住一间屋的神学院学生告诉神父们说，深井先生在爆炸前不久的一次空袭警报中曾对他说过，"日本正在灭亡。如果哪一天广岛真的遭到袭击，他希望和祖国一起死去"。神父们认为深井先生是跑回大火中自焚了。他们再也没有见过他。

在红十字会医院里，佐佐木医生连续工作了三天三夜，其间只休息了一个小时。在爆炸后的第二天，他开始缝合最严重的伤口，从那天早上到晚上再到整个第三天，他一直在做这个工作。很多伤者的伤口已经溃烂化脓。幸运的是，有人找到了一种未受损的日本止痛药，且有足够供给，于是分发给了很多疼痛难忍的伤者。医务人员中还在流传一种说法，说这个炸弹一定有什么特别之处。因为医院副院长第二天去地下室的时候，发现储藏在那里的X光片原封不动，却全都曝了光。那天，来自山口的一位医生和10名护士带着绷带和消毒剂抵达医院；第三天，来自松江的一位内科医生和十几名护士抵达——然而总共仍只有8位医生照看上万名病人。第三天下午，佐佐木医生疲于这种机械的缝合工作，总是不由自主地想到他母亲可能以为他死了。他获准回向原。他先走到城市近郊，那里的电车仍在运行。他在深夜到家。他的母亲说她知道他没事，一个受伤的护士经过时告诉她的。他上床后睡了17个小时。

8月8日天亮前，当克莱因佐格神父在修道院的房间正睡着时，一个人进了他的房间，伸手够到挂在屋顶的电灯泡并拧开了灯。突然的亮光照在半睡半醒的克莱因佐格神父身上，他受到了惊吓，从床上掉了下来，撞到了头。当他意识到是怎么回事后，迷迷糊糊笑了一下，又回到了床上。他在床上躺了一整天。

8月9日，克莱因佐格神父仍觉得很累。院长看了他的伤口，说不是很严重，甚至不需要包扎，只要克莱因佐格神父保持伤口清洁，在三四天内就会痊愈。克莱因佐格神父感觉很不安，他理解不了自己经历的事情，好像自己犯了什么重罪一样。他觉得自己必须回到之前经历过的那个恐怖现场。他从床上起来，步行到城里。他在教区宿舍的废墟里搜索了一会儿，但没有找到任何东西。他去了一些学校，打听一些认识的人的情况。他寻找城里的一些日本天主教徒，却只看到倒塌的房屋。他茫然地走回修道院，对这一切还是无法理解。

8月9日上午11:02，美国在长崎投下了第二颗原子弹。由于日本广播和报纸对这个陌生武器采取了极其谨慎和有限的报道，广岛幸存者在几天后才知道他们有了同患难的伙伴。

8月9日，谷本先生仍在公园进行救援工作。他去了一趟郊外的牛田，爆炸前他在妻子借住的朋友家里存放了一顶帐篷，他把它拿到公园，给那些动不了或不能被移动的伤员搭了起来。在公园无论做什么事情，他都觉得在被那个20岁的前邻居蒲井太太盯着。他在爆炸当天就看到了她以及她怀里抱着的女儿的尸体。尽管尸体在第二天就开始发臭，但这个小小的身躯在她的怀里躺了4天。有一次，谷本先生和她坐了一会儿，她告诉他，爆炸把她和绑在背上的婴儿埋在了房子的废墟下，她挖开瓦砾爬出来后，发现孩子被嘴里的泥土噎住了。她用手小心翼翼地把孩子嘴里的泥土清理掉，有一会儿孩子的呼吸恢复了正常，似乎没事了，但随后突然死了。蒲井太太还说到她丈夫是一个多么好的人，催促谷本先生去找他。谷本先生在爆炸当天就跑遍了整座城市，还看见到处都是那些从蒲井先生驻地中国区陆军司令部逃出来的、受到严重灼伤的士兵。他知道即便蒲井先生还活着，也不可能找到他。当然，他不会把这些情况告诉蒲井太太。每次看到谷本先生，她都会问是否找到了她的丈夫。有一次他试着劝她该把孩子火化了，但蒲井太太只是把孩子抱得更紧。他开始回避她，但无论什么时候看到她，她都在盯着他，她的眼睛仿佛在问同一个问题。他尽可能地背对她，以躲避她的视线。

神父们在精美的修道院礼拜堂里收留了大约50位受难者。院长尽最大努力向他们提供医疗救治——但大部分时候只能清洗化脓的伤口。中村太太和孩子们每人获得了一条毯子和一个蚊帐。中村太太和小女儿没有胃口吃东西，她的儿子和大女儿吃得下，但吃什么吐什么。到了8月10日，她的朋友大崎太太来看她，说儿子秀男在上班的工厂被活活烧死了。敏夫把秀男视为英雄，他经常去那个工厂看他操作机器。那天晚上，敏夫惊叫醒来。他梦到他看见大崎太太一家人从地上的一个洞口钻出来，随后看到秀男站在机器旁边，那是一个装了旋转带的大机器，而他就站在秀男的旁边。出于某种原因，这个梦让他感到十分害怕。

8月10日，克莱因佐格神父从别人那儿听说，藤井医生受伤后去了深川村一个叫大隈的朋友的避暑别墅。他问切希利克神父是否可以去那儿看一下藤井医生怎么样了。切希利克神父走到广岛市外的三朝火车站，从那里坐20分钟的电车，然后在烈日下步行一个半小时，才到了位于山脚下太田川河畔的大隈先生的别墅。他发现藤井医生穿着和服坐在一张椅子上，正在给受伤的锁骨敷药。医生向切希利克神父说了丢眼镜的事，说他的眼睛不舒服。他给神父看横梁在他身上造成的一条一条的大块瘀青。他先递给神父一支烟，随后又问神父要不要喝威士忌——尽管才上午11点。切希利克神父认为自己喝一点藤井医生会高兴，于是就接受了。一个仆人端来了三得利威士忌，神父、医生和主人愉快地聊了起来。大隈先生以前住在夏威夷，他讲了一些美国人的情况。藤井医生讲了一下这场灾难。他说大隈先生和一个护士去了医院的废墟，拿来了他之前放在防空洞里的一个小保险柜。小保险柜里面装的是一些外科器械，藤井医生拿了几把剪刀和一些镊子给切希利克神父，让他带给修道院的院长。切希利克神父有一肚子关于神秘炸弹的内幕消息想要分享，但他等到谈话自然而然地转到这个话题时才开始讲。他说他知道这是一种什么炸弹，而且消息非常可靠——来自一名顺路拜访修道院的日本新闻记者。这个炸弹根本不是炸弹，一架飞机向整座城市喷洒了一种细镁粉，镁粉遇到城市电力系统的带电线路就会爆炸。"那就是说，"藤井医生说道，由于消息来自一个新闻记者，他对这个解释非常满意，"这种炸弹只能被投在大城市，并且只能在白天电车轨道等运行的时候。"

在公园照顾伤者五天后，谷本先生于8月11日回到了牧师住宅，在废墟里挖掘。他找回了一些日记和教堂记录册——只有边角有些烧坏了——以及一些炊具和餐具。他正在挖的时候，田中家的一个女儿找到他，说她父亲正在找他。谷本先生有理由厌恶她父亲，那个轮船公司的退休高管。尽管田中先生大肆张扬地做过慈善，但他也因自私和残忍而臭名远扬，就在爆炸前几天，他还公开对一些人说谷本先生是美国人的间谍。他几次嘲笑基督教，认为它不属于日本。爆炸的时候，田中先生正在市广播站前的街上走。他受到了严重的灼伤，但还能走回家。他去了他的邻组防空洞避难，在那里焦急地寻找医生来看他。他原以为广岛所有的医生都会来给他看病，因为他这么富有，还以"慈善"闻名。发现没有人来后，他气冲冲地准备去找他们。他扶着女儿的胳膊，走了一家又一家私人医院，但所有的医院都成了废墟。他走回防空洞，躺了下来。现在他非常虚弱，知道自己就要死了。任何宗教都能让他获得宽慰。

谷本先生去帮助他。他下到坟墓一样的防空洞里，当他的眼睛适应黑暗后，看到田中先生的脸和手臂肿胀，满是脓血，双眼肿得看不见眼球，身体发出难闻的臭味，不停地呻吟。他似乎认得谷本先生的声音。谷本先生站在防空洞阶梯的亮光处，大声地读一本袖珍本日语《圣经》："在你看来，千年如已过的昨日，又如夜间的一更。你叫他们如水冲去，他们如睡一觉。早晨他们如生长的草。早晨发芽生长，晚上割下枯干。我们因你的怒气而消灭，因你的忿怒而惊惶。你将我们的罪孽摆在你面前，将我们的隐恶摆在你面光之中。我们经过的日子，都在你震怒之下。我们度尽的年岁，好像一声叹息。……"[1]

谷本先生读《诗篇》的时候，田中先生死了。

8月11日那天，似岛军队医院接到消息，有大量的中国区陆军司令部的伤兵在那天到，因此就很有必要撤离所有的平民伤员。佐佐木小姐仍在发高烧，被送上了一艘大船。她躺在甲板上，腿下垫了一个枕头。甲板上有遮阳篷，但船的航程使得她暴露在阳光下。她觉得自己就像在烈日下的放大镜下面。脓水从她的伤口流出来，很快就沾满了整个枕头。她在距广岛西南方向几英里的廿日市登陆，被送到了作为临时医院的观音小学。她在那里躺了几天后，才有一个从神户来的骨科医生查看她的病情。那时，她的腿已经红肿，并且扩散到了臀部。

---

[1] 出自《圣经·诗篇》90:4—90:9。

那个医生认为他不能阻止扩散，但做了一个切口，用一根橡胶管把里面的脓水排出去。

在修道院，失去母亲的片冈姐弟极为伤心。切希利克神父努力想让他们忘记悲伤。他给他们猜谜。他问道："世界上最聪明的动物是什么？"13岁的姐姐猜了猿猴、大象、马。他说道："不对，是河马。"因为河马的日语拼音是"kaba"，反过来正好是"愚蠢"的日语拼音"baka"。他给他们讲《圣经》故事，诸如"太初""万物秩序"和"创世记"。他还给他们看一本在欧洲拍摄的相册。然而，大部分时候他们仍是哭喊着要妈妈。

几天后，切希利克神父开始寻找姐弟俩的家人。一开始，他从警察局得知他们有个叔叔向附近的吴市打听过孩子们的下落。后来，他听说孩子们的一个哥哥通过广岛郊区宇品的邮局在找他们。再后来，他听说他们的母亲还活着，在长崎沿海的五岛列岛。最后，通过与宇品邮局确认，切希利克神父联系上了那个哥哥，把孩子送回到他们母亲身边。

原子弹爆炸一个星期后，广岛得到了一个含糊不清、无法理解的解释——这个城市是被一个原子一分为二时释放的能量摧毁的。这个武器在人们的口口相传中被称为"genshi bakudan"，从日语直译过来是"原子炸弹"。没有人理解它的意思，也没有人觉得这个解释比镁粉或其他说法更可信。其他城市的报纸开始进入广岛，但报道的内容仍限于极其笼统的声明，如同盟通讯社于8月12日发表的声明："除了承认这种非人道炸弹的巨大威力，我们束手无策。"当然，日本的物理学家带着劳里岑氏验电器和奈尔静电计已经进入了这个城市，他们完全明白其中的原理。

8月12日，还相当虚弱的中村一家搬去了附近的可部市，与中村太太的嫂子一起住。第二天，尽管病得走不远，但是中村太太独自回到广岛，她先坐电车到郊区，再从那儿步行到市中心。在修道院的一个星期里，她无时无刻不在担心住在袋町的母亲、兄弟和姐姐。此外，和克莱因佐格神父一样，她感到一种无法抑制地想要一探究竟的冲动。她发现她的家人都死了。在广岛的所见所闻让她如此震惊和沮丧，回到可部后，她整个晚上都说不出话来。

红十字会医院终于开始恢复一定的秩序。休息回来后的佐佐木医生开始分拣病人（医院里仍到处是病人，甚至连楼梯上也是）。医务人员开始逐渐清理残骸。最好的是，护士和护工开始搬走尸体。对日本人而言，体面地火化尸体和供奉骨灰是一种比照顾好生者更重要的道德责任。爆炸当天，在医院里或医院附近的死者大部分已经由他们的亲人确认身份。从第二天开始，一个病人无论何时出现垂死征兆，一张写有他名字的纸片都会被固定在他的衣服上。处理尸体的人把尸体搬到外面的一块空地，把他们放在柴火堆上——从废墟房屋里捡来的木板——进行火化，再把一部分骨灰放入原本装X光片的信封中，在信封上标注死者的名字，然后把信封整齐、恭敬地叠放在一间大办公室里。几天内，信封就堆满了这个临时神社的一整面墙。

8月15日早上，住在可部的10岁的中村敏夫听到一架飞机飞过的声音。他跑到屋外，老练地看出这是一架B-29轰炸机。"B君来了！"他喊道。

其中一个亲戚大声问他："难道你还没受够B君吗？"

这个问题有一种象征意义。几乎就在同一时刻，广播里史无前例地传来日本裕仁天皇沉闷、沮丧的讲话声："朕深鉴于世界大势及帝国之现状，欲采取非常之措施，以收拾时局……"

中村太太又去了城里，去挖她之前放在邻组防空洞里的一些大米。她拿到后，开始返回可部。在电车上，她巧遇了爆炸那天正好不在广岛的妹妹。"你听到新闻了吗？"她妹妹问她道。

"什么新闻？"

"战争结束了。"

"不要说这样的傻话，妹妹。"

"但是我亲耳听到广播里是这么说的，"然后，她低声说道,"是天皇陛下亲口说的。"

"啊,"中村太太说道(虽然美国人有原子弹,但没什么能让她放弃对日本赢得战争的信念),"那……"

后来,谷本先生在写给一个美国朋友的信中这样描写那天早上发生的事:"在战争结束的那一刻,我国历史上发生了一件极不寻常的事情。我们的天皇通过广播直接与日本平民讲话。8月15日那天,我们被告知要播报重要新闻,所有人都应该收听。于是,我去了广岛火车站,那里的废墟上架了一个喇叭。很多民众来收听广播。所有人都打着绷带,一些人扶着女儿的肩膀,一些人拄着拐杖。当意识到讲话的人是天皇陛下时,他们泪流满面:'天皇陛下亲自对我们讲话,这是多大的恩赐啊。我们能亲耳听到天皇的声音,死而无憾啊。'当意识到战争结束的时候——日本战败,他们当然深感失望,但听从天皇的训诫保持了平静,全心全意地为世界的永久和平做出牺牲——日本开启了新的篇章。"

黍草和白菊

8月18日,原子弹爆炸12天后,克莱因佐格神父拿着制型纸手提箱从修道院出发徒步去广岛。他开始觉得,他这个用来装贵重物品的箱子简直就是一个护身符,因为爆炸后他是这样发现箱子的:箱子竖在房间门口,提手向上,而他原先用来藏手提箱的桌子却碎了一地。现在,他提着装满耶稣会日元现金的手提箱,前往已经在半损毁的原址上恢复营业的横滨正金银行广岛分行。那天早上,克莱因佐格神父的身体状态不错。虽然身上的几个小伤口没能像修道院院长保证的那样在三四天内愈合,但他好好休息了一个星期,觉得又可以全力以赴了。他现在已经习惯了进城途中这一路触目惊心的景象:修道院旁的一大片稻田被烧得精光，只剩下一行行焦秃秃的根；郊区的房屋虽然没有倒塌，但是窗户玻璃都碎了，屋顶的瓦片一片凌乱；再往前走，就是4平方英里的焦土——这片区域里几乎所有的东西都被掀翻和烧毁了：一个又一个坍塌的街区，废墟的瓦砾堆上到处插着牌子（"姐姐，你在哪儿？"或者"我们都很安全，现在住在丰荣。"）。焦秃秃的树干和倾斜的电话线杆。零星几幢建筑物没有坍塌，只剩框架，更显出四周的平坦（科学与工业博物馆的穹顶被爆炸冲击波剥光了似的只剩下钢架；商会大楼是一幢现代建筑物，它的塔楼仍和爆炸前一样冷峻、坚硬，牢不可破；巨大的市政大楼地势低洼，做了伪装；老旧的银行街象征了一个动荡的经济体系）。街上的交通状况也十分骇人——数百辆受损的自行车、只剩空壳的有轨电车和汽车都是在行进中被瞬间摧毁的。克莱因佐格神父意识到他看到的这所有破坏都是被一颗炸弹在一瞬间造成的，这个念头让他的心情一路非常沉重。当他到达市中心的时候，天气已经变得非常炎热。横滨正金银行在大楼的一层搭建了木制临时柜台营业，克莱因佐格神父过去存完钱，去教区又看了一下那里的废墟，随后才回修道院。走到一半，他开始感到不适。这个或多或少有些神奇、已经空了的手提箱突然变得非常沉重，他的膝盖变得无力，他感到特别疲惫。靠着顽强的毅力，他撑到了修道院。他不认为自己的身体状况值得告诉其他神父，但几天后，他在开始做弥撒时，突然感到一种晕眩，他试了三次都没能把仪式进行下去。第二天早上，每天都在检查被克莱因佐格神父忽视的伤口——一直未能愈合——的院长惊讶地问道："你对伤口做了什么？"他突然发现伤口已经扩大，并伴有肿胀和发炎。

中村太太住在离长束不远的可部市的嫂子家。尽管她的身上没有任何割伤或烧伤，但是和孩子们受克莱因佐格神父邀请住在修道院的那个星期，她和其他天主教徒却一直感到恶心。8月20日那天早上，她在梳头发时，梳了一下，发现梳子上有一大把头发，又梳了一次，还是一样，于是她立即停止了梳头。但在接下来的三四天里，头发还是一直不受控制地掉，最后几乎秃头。她开始躲在家里不再出门。8月26日，她和小女儿美也子醒来后感到极度虚弱和疲惫，躺在铺盖上没起来，而爆炸时及爆炸后一直和她们在一起的儿子和大女儿却没事。

大概在同时——谷本先生忘了时间，他在郊区租了一栋私人住宅作为临时教堂——谷本先生突然感到浑身不适，乏力并伴有发烧，他也不得不躺在牛田朋友家地板的铺盖上了。

这四个人后来才知道他们患上的这种奇怪、反复无常的疾病叫放射性疾病，但是他们在当时并不知道。

佐佐木小姐一直忍着疼痛躺在廿日市的观音小学，该市位于广岛电车西南线第四站。她左下肢的开放性骨折，因为炎症一直无法愈合。尽管她因为腿伤一直郁郁寡欢，但医院里的一个青年男子似乎喜欢上了她，抑或只是同情她，借给她一本日语版的莫泊桑的书。她试着读小说，但每次看四五分钟后就无法集中精神了。

爆炸后的一个星期里，广岛市的医院和救治站人满为患。医务人员的数量变化非常大，这取决于他们的健康和其他城市难以预料的医疗援助。患者不得不经常从一个地方转移到另一地方。佐佐木小姐已经被转移了三次，有两次是坐船，8月底她被送到了廿日市的一所工程学校。由于她的腿没有好转，反而肿得更厉害了，9月9日，学校里的医生把她的腿用夹板固定好，用车把她送到了广岛的红十字会医院。这是她第一次有机会看到广岛的废墟。上次她坐卡车穿过城市街道，一直处于昏迷的边缘。尽管她听人描述过广岛遭到的破坏，加上身体仍疼痛难忍，但眼前的景象还是让她感到惊恐，一些景象甚至让她感到毛骨悚然。在这片废墟之上——在城市的残骸上、沟渠里、河边、瓦砾和铁皮屋顶上、烧焦的树干上，是一块鲜活、葱郁、充满生机的绿地。翠绿的植物甚至从房屋废墟的地基上生长出来。杂草已经覆盖了灰烬，野花在城市的街道盛开。原子弹不仅没有摧毁它们在地底下的根，反倒促进了它们生长。到处都是矢车菊、丝兰、藜草、牵牛花、萱草花、大果油麻藤、马齿苋、苍耳、芝麻草、黍草和小白菊。尤其在中心的那一圈，决明草长得特别繁茂，不仅从原来烧焦的地上重新长出来，还蔓延到新的地方，从砖石之间和沥青路面的裂缝间破土而出，这景象就好像是大量的决明草种子和炸弹被一起投了下来。

在红十字会医院，佐佐木小姐成了佐佐木医生的病人。爆炸一个月后，医院恢复了某种秩序：其实也只是让躺在走廊上的病人睡到草席上，在第一周用完的药品开始获得其他城市的有限补给。佐佐木医生只有在第三天晚上回家睡了17个小时，之后每个晚上都睡在医院的草席上，只休息6个小时。在这期间，他原本就非常瘦小的身体又瘦了20磅。他仍戴着借来的眼镜。

由于佐佐木小姐是女性且病得很重（他后来承认，可能还有一点原因就是她和他同姓），佐佐木医生把她安排在一间半独立八人间病房的一张草席上。他问了她的病情，用潦草的德文精确地书写了她的病历，记录她是一个中等体型女性，整体健康状况良好；左胫骨有开放性骨折，并伴有左下肢肿胀；皮肤和暴露的黏膜布满米粒或黄豆大小的出血瘀斑。另外，头部、双眼、喉咙、肺部和心脏初步显示正常；身体有热度。他想要给她接骨，在她的腿上打上石膏，但熟石膏在很久之前就用没了。于是他只能让她平躺在草席上，给她开了阿司匹林来退烧，还开了静脉注射葡萄糖和口服淀粉酶以改善营养不良（由于人人都营养不良，他没有把这点写到病历上）。他的很多病人开始出现各种奇怪的症状，而她身上出现的出血瘀斑就是其中一种。

藤井医生仍厄运连连，还是与河有关。他现在住在深川村大隈先生的避暑别墅。这栋别墅位于太田川陡峭的河畔。他的伤正在好起来，甚至开始给那些从附近过来找他的受难者看病，用的是之前从郊区一个地窖里找回来的医疗用品。他发现一些病人从第三周和第四周开始出现一种奇怪的症状，但他除了给他们包扎伤口外，也没有别的办法。9月初，雨开始越下越频繁，也越下越大，导致河水水位上升。9月17日，天空乌云密布，随后便刮起了台风，水位越涨越高。大隈先生和藤井医生为防不测，躲到了山上的一个农户家里。（在广岛地势较低的地方，洪水卷走了爆炸后的残留物——冲走了从爆炸中幸存下来的大桥，冲进街道，淹没了那些没有倒塌的房屋的地基——在往西10英里[1]外的小野陆军医院，一组来自东京帝国大学的专家正在调查病人的后发病症，泥石流突然从一个秀美、葱郁的山腰滑进了内海，大多数调查专家和患可疑病症的病人都被淹死了。）台风过后，藤井医生和大隈先生从山上下来，走到河边，发现大隈先生的别墅已经被洪水卷走了。

由于那么多人在爆炸一个月后突感不适，一个令人不安的传闻开始在广岛流传，并最终传到了已经秃头、病恹恹地躺在可部家里的中村太太耳朵里。这个传闻是说原子弹带有某种毒素，且这种致命毒素会在广岛残留7年才能消失。这期间，任何人在任何时候都不能进入广岛。这个消息让中村太太尤为担心，因为她记得爆炸那天早上她在混乱中把自己仅有的谋生工具——三国牌缝纫机——藏在了家门前的水泥蓄水池里，而现在没人能

---

[1] 约为16.1公里。

去把它取出来。之前中村太太和家人对原子弹的道德问题持一种相对消极和被动的态度,直到这一刻,他们突然对美国产生了一种比战争期间还要强烈的憎恨。

日本物理学家非常了解核裂变(其中一位科学家拥有一台回旋加速器),他们担心的是广岛残留的核辐射。8月中旬,在杜鲁门总统公布炸弹的种类几天后,他们就进城展开了调查,第一件事是观察市中心所有电话线杆是从哪一面被烧焦的,进而大致确定爆炸的中心位置。他们确认的地点是中国区陆军司令部阅兵场左边护国神社前的鸟居[1]。他们拿着能检测出β粒子和α射线的劳里岑氏验电器分别往南和往北走,仪器显示辐射量最高的地方在鸟居附近,是该地区土壤超短波平均辐射值的4.2倍。这些科学家发现,爆炸的光热辐射把混凝土变成了亮红色,让花岗岩的表层脱落了,并把某些材质的建筑材料烧焦了,还在一些地方留下了永久的印记。比如,科学家们在商会大楼(距大致的爆炸中心220码)的屋

---

[1] 一种牌坊。

顶发现了一道由其长方形塔楼留下的永久性印记；劝业银行大楼（距大致的爆炸中心2050码）屋顶的瞭望台上也有类似的印记；中国区电力大楼（距大致的爆炸中心800码）的塔楼也有一处印记；另一处是一个气泵阀门投下的印记（距大致的爆炸中心2630码）；一些在护国神社（距大致的爆炸中心385码）的花岗岩墓碑上。通过计算这些印记及其他印记与投射物的距离，科学家确定爆炸中心的准确位置是鸟居往南150码处的一个地方，距志摩医院原址东南方向几码。[1]（他们在那里发现了一些模糊的人体轮廓，引发了一些虚虚实实的故事。一个故事讲的是一个站在梯子上的油漆工，如何在他正在刷的银行大楼的石墙上化为一个浅浮雕——图像记录的正是他拿着刷子去油漆桶蘸漆的那一刻；另一个故事讲的是，在科学与工业博物馆附近的桥上——这个地方几乎就在爆炸中心的正下方，一个人和他的马车是如何化为

---

[1]　220码约为201米，2050码约为1875米，800码约为732米，2630码约为2405米，385码约为352米，150码约为137米。

一个浮雕的——图像清晰地显示出这个人正准备挥动鞭子抽马。）9月初，科学家从爆炸中心分别往东和往西进行了新的测量。他们发现的最高辐射值是正常辐射值的3.9倍，由于至少高于正常值的千倍才会对人体造成严重损害，科学家宣布人们进入广岛不会有任何危险。

躲在家里的中村太太听到这个消息时，头发已经在不久前重新长出来了。他们全家人已经不像之前那样憎恨美国了。不久后，她叫丈夫的哥哥去找缝纫机。那个缝纫机仍在蓄水池里，当他把它带回家后，她失望地发现整个机器都生了锈，完全不能用了。

9月的第一个星期日，克莱因佐格神父躺在修道院的床上，发烧到102.2华氏度[1]，由于病情有所恶化，他的同事决定把他送到东京的天主教国际医院。切希利克神父和修道院院长一直把他送到可部，然后由可部的一个神父把他送到东京，那个人还给国际医院的修女院长带去

---

[1] 即39摄氏度。

了一位可部医生的口信："给这个病人输血时，请三思而行，因为一旦你们用针扎破这些原子弹病人的血管，我们不确定针眼能否止血。"

克莱因佐格神父抵达医院时，脸色极其苍白，身体非常虚弱。他向医生说原子弹让他的消化系统变得紊乱、肚子很疼。他的白细胞数只有3000（正常值是5000~7000），有严重的贫血症状，体温高达104华氏度[1]。一个不太熟悉这些奇怪症状的医生——克莱因佐格神父是少数几个抵达东京的原子弹受害者——过来看他，他在克莱因佐格神父面前乐观地说："你会在两个星期内出院。"但这个医生走到走廊对院长说："他快不行了。所有这些原子弹爆炸受害者都会死——你们看着吧。他们可以撑几个星期，但是终究会死。"

医生对克莱因佐格神父进行补充营养疗法。每隔三个小时，他们让他吃一些鸡蛋和牛肉汁，并喂他吃糖，直到他吃不下。他们给他补充维生素、铁和砷（福勒氏

---

[1] 即40摄氏度。

溶液）治疗贫血。医生的预言并没有成真。克莱因佐格神父既没有死，也没有在两个星期内出院。本来输血会是最佳的治疗方案，但是东京医院的医生听从了那个可部医生的建议，没有采用。尽管如此，他的高烧和消化问题还是很快都好了。他的白细胞数有一段时间偏高，但10月初又降到了3600；但是在十天里突然又升到了8800，直到最后稳定在5800。他身上的擦伤让每个人感到不解：有几天，这些伤口会开始愈合，然后当他下床走动时，这些伤口会再次裂开。他一开始好起来，就又感受到生活的乐趣了。在广岛，他是几千名爆炸受害者中的一个，但在东京他成了一个"稀罕的人物"。十几名美国军医来给他做检查，日本专家询问他，一家报纸采访他。有一次，那个困惑的医生走过来，摇头道："真令人想不明白，你们这些原子弹受害者。"

中村太太和美也子躺在家里。她们还在生病，尽管中村太太隐约感觉到她们的不适是炸弹造成的，但是她没钱去看医生。因此，她从未确切地知道她们得了什么病。

虽然没有去看医生，但是仅靠着休息，她们也逐渐好转起来。美也子掉了一些头发，手臂上的一个小伤口几个月才愈合。尽管儿子敏夫和大女儿八重子也掉过头发，偶尔还会头痛，但是他俩似乎没事。敏夫仍会做噩梦，总是梦到他的英雄，那个死于原子弹的19岁技工大崎秀男。

因发烧到104华氏度，古本先生回到了牛田的朋友家，但是心里一直放不下他原本要为死去教民主持的葬礼。他以为自己只是因爆炸后的高强度救援工作而过度劳累，但高烧好几天一直退不下去。他派人去请一个医生，但那个医生忙得没时间来牛田看他，只派了一个护士过来。那个护士确诊他的症状是轻度辐射病，不时地到牛田给他注射维生素B_1。谷本先生认识的一个和尚过来看他，向他建议艾灸或许可以缓解他的病情。那个和尚亲自给他演示了怎样进行这种日本的古老疗法：先把大小适宜的艾炷放在手腕的穴位上，然后点燃艾炷。谷本先生发现，每次艾灸都可以暂时让体温降低一度。护士让他尽可能地多吃，每隔几天，他住在20英里外的通津的丈母娘会从家里给他带来蔬菜和鱼。他在床上躺了一个月，然后坐了10个小时的火车去了四国的父亲家，在那里又休息了一个月。

红十字会医院里的佐佐木医生和同事目睹了这种史无前例的疾病，最终就它的本质提出了一个理论。他们认为，这种疾病有三个阶段。第一个阶段在医生还不知道应对的是一种新型疾病之前就已经结束，该阶段是身体对爆炸后产生的中子射线、β粒子和α射线做出的最直接反应。那些身上没有外伤但在头几个小时或头几天不明原因死去的人属于第一阶段。95%在爆炸中心半英里内的人以及成千上万在更远地方的人死于第一阶段。现在回头去想，医生意识到，大多数死于烧伤和爆炸冲击波的人，他们身上也吸收了足以致命的辐射量。射线会破坏身体的细胞——造成细胞核衰亡并破坏细胞壁。很多没有即刻死去的人也会在持续了几天的恶心、头痛、腹泻、乏力、高烧之后死去。医生无法确定其中一些症状是遭受辐射的结果还是紧张引起的。第二阶段在爆炸后的10~15天出现。最初的症状是脱发，然后出现腹泻和发热，在一些病例中发热可以高达106华氏度[1]。爆炸后15~30天，身体出现血液紊乱症状：牙龈出血、白细胞数急剧下降、皮肤和黏膜出现瘀点。白细胞数量的下降会降低病人抗感染的能力，开放性创伤通常愈合得很慢，很多病人会出现咽喉痛和口腔溃疡。医生对这种疾病的诊断基于两个关键症状：发热和白细胞数偏低。如果高热持续，那么患者的生存概率就会很小。这个阶段的白细胞数通常会降低到4000以下。一个患者如果白细胞数低于1000，那他几乎没有存活的可能。即便患者撑到了第二阶段的末期，还是会出现贫血或红细胞数下降的情况。第三阶段是身体免疫系统对疾病的反应。举例来说，就是在很多时候白细胞数不仅回到正常值而且高出正常值。在这个阶段，很多患者死于诸如胸腔感染之类的并发症。很多烧伤愈合时会出现一层橡胶状的粉色瘢痕瘤。病症持续的时间不同，这取决于患者的体质和受到的辐射量。一些受害者在一个星期内就好了，而在

---

[1] 约为41.1摄氏度。

其他人身上可能会持续数周。

由于这种疾病表现出来的很多症状与X射线辐射过量的症状相似,所以医生基于这种相似性进行治疗。他们给病人补充肝精,输血,补充维生素,尤其是维生素B_1。然而,药品和医疗器械的匮乏影响了疗效。日本投降后进驻的盟军医生发现血浆和盘尼西林非常有效。由于从长期来看,血液紊乱是这个病的主要症状,一些日本医生就这种后遗症提出了一个理论,他们认为,爆炸时进入体内的α射线可能使受害者骨骼中的磷具有放射性,它们会转而发出β粒子。尽管β粒子最多只能穿透肌肉组织,但它们能进入制造血液的骨髓,因此会逐渐破坏血液。无论根源是什么,这个病有一些令人不解的地方。不是所有患者都会出现所有的主要症状。受到灼伤的人在很大程度上避免了放射性疾病的侵害。那些在爆炸后能够及时休息几天或几个小时的人比那些到处忙的人更不容易得病。极少出现白发脱落的情况。这好像是自然在保护人类抵抗自身的异变。人的生殖系统在一段时间内受到影响。男人变得不孕,女人出现流产、闭经现象。

洪灾发生10天后,藤井医生住在太田川上游山上的一个农户家。他听说广岛东郊海田市有一个诊所在出售,便买下来搬了过去。为了向占领军致意,他挂出了一块用英语写的牌子:

藤井正和,医学博士
内科和性病科

藤井医生的伤大有好转,他诊所的生意很快就好起来了。他非常乐意在晚上给占领军的士兵看病,并慷慨地用威士忌招待他们,和他们练习英语。

10月23日,由于佐佐木小姐的腿在受伤后第11周仍有感染,佐佐木医生用一种日本麻药给佐佐木小姐做局部麻醉后,在她的腿上做了一个引流切口。在接下来的几天里,伤口出现大量脓水,佐佐木医生必须每天早晚各给切口包扎一次。一个星期后，她说疼得厉害，于是他又做了一个切口；11月9日，他做了第三次引流切口，并在26日扩大了切口。在这段时间里，佐佐木小姐日渐虚弱，而且她的求生意志也越来越弱。一天，那个在廿日市借过她莫泊桑日文译本的青年男子过来看她，他说他要去九州了，等他回来后，会再来看她。她并不在乎。她的腿还是一直又肿又疼，而医生甚至没有设法治好她的骨折。尽管11月照X光片显示骨头正在愈合，但她看到床单下面的左腿比右腿短了将近3英寸[1]，而且左脚变成内翻。她经常想到那个与她订婚的男人。有人告诉她，他从海外回来了。她想知道他到底听到了她的什么消息，所以才不来看她。

12月19日，克莱因佐格神父从东京的医院出院，坐火车回家。两天后，火车抵达广岛的前一站横河站。藤井医生正好在那儿上火车。这是两人在爆炸后第一次见

---

[1] 即7.62厘米。

面。他们坐在一起，藤井医生说他是去参加每年在父亲忌日举行的家庭聚会。两人说起各自的经历，藤井医生兴致勃勃地讲起了他住的地方是如何接二连三地掉进河里的，他问克莱因佐格神父怎么样。神父讲了他的住院经历。"医生让我务必注意身体，"他说道，"他们要求我每天下午睡两个小时。"

藤井医生说道："如今在广岛很难注意到身体，每个人看起来都是那么忙。"

在盟军政府的指示下，一个新的政府在市政大厅组建并开始运行。数以千计遭受不同程度辐射的市民在身体好转后返回广岛。到11月1日，广岛人口达13.7万，多于战时人口最高峰时的三分之一，他们大部分挤在广岛郊区。政府推出各种项目让他们参与到城市重建工作中来。政府雇人清扫街道、收集废铁，让他们把废铁分类后堆放在市政府的对面。一些返回的居民开始为自己搭建棚屋和小木屋，并在旁边开垦出一块冬麦田。市政府也下令建造400套安置房。公用设施已经修复——电灯又能亮了，有轨电车开始运营，水厂职工修复了7万处主水管道和水管的漏水点。一个规划会议开始讨论建设一个什么样的新广岛。来自美国密歇根州卡拉马祖的约翰·蒙哥马利（John D. Montgomery）中尉是一个充满热情的年轻军政府官员，他是规划会议的顾问。这座被夷为平地的城市已经开始繁荣起来——成为人们争相前往的城市——主要是因为它曾是日本最重要的军事指挥和联络中心之一。如果日本被全面入侵且东京被占领，广岛就会成为日本帝国的指挥总部。现在广岛不会通过建设大量的军事基地来实现复兴。规划会议没有明确广岛具有何种重要性，转而进行一些模糊的文化和公路建设项目。会议规划的道路有100码[1]宽，甚至认真地考虑要建一个建筑群来纪念这场灾难，并把它命名为国际友好研究所。统计学家尽可能地收集所有关于原子弹影响的数据。他们报告说，有78,150人丧生，13,983人失踪，37,425人受伤。市政府没人认为这些数据是准确的——

---

[1] 约为91米。

尽管美国人把它们作为官方数据——几个月后，更多的尸体被从废墟下挖出来，而且古井的善法寺里无人认领的骨灰盒数量升至数千，统计学家开始承认至少有10万人在爆炸中丧生。由于很多人死于并发症，所以想要统计出多少人死于某种病症是不可能的。但统计学家算出，大约有25%的人直接死于爆炸造成的烧伤，50%的人死于其他伤病，另有20%的人死于核辐射。统计学家关于财产损失的数据相对可信：广岛9万幢建筑物中的6.2万幢遭到损毁，且其中超过6万幢无法修复。在市中心，他们发现只有五幢现代建筑不需要大修就可以使用。这样大的损失并不是由于日本建筑物的脆弱。事实上，自1923年大地震后，日本的建筑法规要求每一幢大型建筑物的屋顶至少能够承受每平方英尺70磅的压力，而美国的相关法规一般不会要求超过每平方英尺40磅。[1]

科学家涌入广岛。他们一部分人测算各种破坏所需的力：把墓园里的大理石墓碑连根拔起，把广岛火车

---

[1] 1磅约为0.45千克。70磅约为32千克，40磅约为18千克。

站47节火车车厢中的22节掀翻,把一座桥上的混凝土路面抬起,以及其他一些破坏。他们得出的结论是,爆炸产生的冲击波在每平方码5.3~8.0吨。另一些科学家发现,距爆炸中心380码的花岗岩墓碑中熔点在900℃的云母熔化了;距爆炸中心4400码、碳化温度在240℃的日本柳杉木电话线杆已经烧焦了;广岛建筑物中使用的灰土瓦的表面——熔点是1300℃——在距爆炸中心600码的地方已经熔化。在检查了其他重要的灰烬和熔化残留物后,他们得出的结论是,爆炸中心的地面温度一定在6000℃。他们根据进一步的放射物测量——从远至郊区鹰栖町(距爆炸中心3300码)的檐槽和排水管上刮取裂变碎片——了解到关于炸弹本质的一些最重要事实。[1]麦克阿瑟将军的总部系统性审查了所有涉及炸弹的日本出版物,但很快这些科学家的测量结论就被日本的物理学家、医生、化学家、记者、教授及有所耳闻

---

[1] 380码约为347米,4400码约为4023米,600码约为549米,3300码约为3018米。

的政治家和军人熟知。早在美国公众获知之前，大多数日本的科学家和很多不是科学家的人都知道——根据日本核物理学家的计算——在广岛上空爆炸的是铀弹，而在长崎上空爆炸的是威力更大的钚弹。他们还知道，从理论上来说可以制造出比这个威力大10倍或20倍的原子弹。日本科学家认为，他们知道炸弹在广岛爆炸时距地面的高度及使用的铀的重量。他们估算，即便是广岛的那颗原子弹，也需要一个50英寸[1]厚的混凝土防空洞，才能使人免受辐射病。科学家把这些信息和其他仍受到美国安全审查的细节内容印刷成册。美国人知道这些书，但他们追查发现这些书并未落入错误的人手里，否则占领军当局就需要特地为此在日本建立一个庞大的监察系统了。美国对核裂变的保密工作让日本科学家多少感到有些可笑。

1946年2月底，佐佐木小姐的一个朋友拜访了克莱

---

[1] 约为1.3米。

因佐格神父，请他去医院看看她。她变得越来越消沉抑郁，失去了活下去的信心。克莱因佐格神父去看望了她几次。第一次，他和她谈的是一般话题，比较正式，但也只是表示同情而已，并没有涉及宗教。他第二次拜访时，佐佐木小姐自己提出了宗教这个话题，很显然她以前和天主教徒聊过一些。她直截了当地问道："如果你们的上帝那样善良，他怎么能让人这样受苦呢？"她示意自己萎缩的腿、病房里的其他病人，以及整个广岛。

"我的孩子，"克莱因佐格神父说道，"人们现在的处境并不是上帝的旨意。人类因罪而堕落。"他继续解释了万事的因果关系。

中村太太注意到，可部的一个木匠在广岛建了大量的小木屋，以月租50日元出租——根据固定汇率，约合3.33美元。她丢失了债券和其他战时存款的凭证，但幸运的是，就在爆炸前几天，她记下了所有的号码，并随身带着。于是，在头发长长后，她去了广岛的银行，一个银行职员说一旦确认她的号码与银行记录一致后，就会把钱给她。她拿到钱就租下了木匠的一个小木屋。小木屋在登町，离她原来的房子不远，尽管屋里是泥地面，而且光线很暗，但至少也是在广岛的一个家，不用再靠丈夫的哥哥一家接济。整个春天，她清理了周围的残骸，种上蔬菜后成了一个菜园。她的炊具和餐具是从原来房子的废墟下挖出来的。她把美也子送到了重新开张的天主教幼儿园，儿子和大女儿在登町小学上学，由于学校没有房子，学生们只好在户外上课。敏夫想要以后成为一个像他的英雄大崎秀男一样的技工。物价很高。到了仲夏，中村太太的那些存款都用完了。她卖掉了几件衣服买食物。她以前曾有几件昂贵的和服，但战争期间被偷了一件，一件给了在德山遭遇空袭后一无所有的妹妹，另有几件在原子弹爆炸时没了。现在她卖掉了最后一件，只卖了100日元，没用多久。6月，她去找克莱因佐格神父征询谋生的意见。8月初，她仍在考虑他建议的两个选择——给占领的盟军士兵做女佣，或者从亲戚那儿借500日元（30多美元）修好生锈的缝纫机，重新给人做裁缝。

谷本先生从四国回到牛田，由于租住的房屋严重受损，他在屋顶铺了一块帐篷布，但屋顶还是漏水。他在湿漉漉的客厅举行礼拜仪式，并开始为重建城里的教堂筹集资金。他与克莱因佐格神父的关系越来越好，经常去看他。他羡慕他们教会拥有的财富，在他看来，他们想做什么事情都能去做。而他除了自己的精力以外什么都没有，但是过去他们也不像现在这样没钱。

耶稣会首先在广岛废墟上建起了一座还算结实的简陋小屋。他们在克莱因佐格神父住院的时候就开始动工了，他回来以后就直接住进了小木屋。另一个叫兰特曼的神父和他住在一起，他们买了三套市政府正在出售的标准"营房"，标价是每套7000日元。他们把两套首尾相连，合在一起作为礼拜堂使用，在第三套里吃饭。有了建筑材料后，他们就委托承包商建造了一幢三层宿舍楼，和烧毁的那幢一模一样。在教区，木匠切割木板，凿榫眼，制榫，削木栓，钻孔，再把房屋的所有部件都整整齐齐地码放起来。然后，在三天内，他们就把所有的东西拼装在了一起，像拼一个神奇的拼图，一根钉子都没用。克莱因佐格神父发现很难遵照医生建议的那样注意身体和午睡。他每天步行去拜访日本天主教徒和可能皈依的人。几个月后，他变得越来越虚弱。6月，他在广岛的《中国报》上读到一篇文章，警告幸存者不能工作得太累——但他能做什么呢？到了7月，他累倒了。8月初，就在爆炸一周年祭那几天，他又住进了东京的天主教国际医院，在那里休养了一个月。

不管克莱因佐格神父就生命的问题给佐佐木小姐的回答是不是最终答案和绝对真理，她的身体似乎因此迅速地恢复了力气。佐佐木医生发现后向克莱因佐格神父表示祝贺。到4月15日，她的体温和白细胞数正常了，伤口的感染消退。到20日，伤口几乎没有脓水，她第一次拄拐杖沿着走廊慢慢走动。5天后，伤口开始愈合，4月的最后一天，她出院了。

整个初夏，她都在为皈依天主教做准备。其间，她的情绪有所起伏，精神极度抑郁，她知道自己成了一个瘸子。她的未婚夫从未来看过她。除了看书或者从古井山坡上的家遥望城市的废墟——她的父母、弟弟死在那里，她无事可做。她非常容易紧张，任何突然的声响都会让她快速地把手放到喉咙那儿。她的腿仍在疼。她经常抚摸和轻拍它，好像在安慰它。

红十字会医院在6个月后恢复正常，而佐佐木医生花了更长的时间才恢复正常。在城市的电力系统恢复之前，医院不得不依靠后院一台日本军队援助的发电机艰难地维持着。手术台、X光机、牙科治疗椅，以及其他精密器械和基本医疗器具陆陆续续地从其他城市运送过来。在日本，即便是医院，也很重视面子问题。早在红十字会医院获得基本的医疗设备之前，院长就给医院的外墙上铺上了一层黄色的装饰砖墙，从外面看，医院成了广岛最漂亮的建筑物。在头4个月，佐佐木医生是医院唯一一位外科医生，其间他几乎没有离开过医院。渐渐地，他才开始关心自己的生活。他在3月份结了婚，之前瘦下去的体重胖了一些回来,但他的胃口仍旧一般。爆炸前,他通常每餐吃4个饭团,但一年后,他只能吃两个。他经常感到疲惫。"但是我必须意识到,"他说,"整个广岛都很疲惫。"

* * *

爆炸一年后,佐佐木小姐成了一个瘸子;中村太太十分穷困;克莱因佐格神父又住进了医院;佐佐木医生无法胜任以前的工作;藤井医生失去了他辛苦多年才建立起来的拥有30间病房的医院,而且没有重建的可能;谷本先生的教堂成为一片废墟,他不再像以前那般精力充沛。这六个人属于广岛最幸运的一批人,他们的生活再也不可能像以前那样。当然,他们对自己的经历以及对使用原子弹的看法各不相同,但他们都有一种相似的感受,即一种奇特的、欢欣鼓舞的集体精神,有点像大轰炸后伦敦人的感受——一种他们和其他幸存者经受住了可怕苦难的自豪感。在爆炸一周年纪念日前,谷本先生在写给一个美国人的信中表达了这种感受:"第一个晚上的场景让人心碎！我在午夜登上河岸。那么多伤者躺在地上，我从他们身上跨过去，不停地说'对不起'，我去取了一盆水，分给每个人喝。他们慢慢地直起身，向我点头致谢后才安静地喝水，没有溢出一滴，还杯子的时候，他们再次向我致以衷心的感谢，并说道：'我无法帮助埋在房子底下的姐姐，因为我必须照顾我的母亲，她的眼睛上有一个很深的伤口，房子很快就着火了，我们差点逃不出来。你看，我失去了家和家人，我自己也伤得很重，但现在我已经决定倾尽所有，为祖国奋战到底。'他们就是这样向我保证的，甚至包括妇女和儿童。由于极其疲惫，我在他们中间躺了下来，但无法入睡。第二天早上，我发现很多昨晚我给过水的男人和女人死了。但让我非常意外的是，尽管他们疼痛难忍，但我没有听到任何吵闹的哭声。他们安静地死去，没有怨恨，咬紧牙关忍着，都是为了祖国！

"广岛文理科大学教授平岩博士是我们教堂的教友，他的儿子是东京大学的学生。他俩被压在一个两层的房子下，他们被压得动弹不得。房子已经着火了，他的儿子说道:'爸爸,我们什么也做不了,只能决心为国献身了。我们来祝天皇万岁吧。'于是父亲跟着儿子一起喊道:'天皇万岁!万岁!万岁!'后来,平岩博士说:'说来奇怪,当我在三呼天皇万岁时,我感到心中十分镇定、透亮和平和。'后来儿子爬了出去,又往下挖,把他的父亲拉了出去,他们就是这样逃生的。回想当时的情况,平岩博士一再说:'做一个日本人多荣幸啊!当我决定为天皇献身的时候,我尝到了一种从未有过的美妙感觉。'

"广岛Jazabuin女子高中的学生信时嘉良子是我们教堂一位教友的女儿,她当时和朋友坐在一座佛寺厚重的围墙边。原子弹爆炸时,围墙倒下压在了她们身上。在厚重的围墙下,她们一点也动弹不得,不一会儿,从缝隙进入的烟雾让她们喘不过气来。其中一个女孩唱起了国歌《君之代》,其他女孩也跟着她一起,唱着唱着就死了。有个女孩找到了一个裂口,艰难地爬了出去。她被送到红十字会医院后,说起了朋友是怎么死的,回忆了当时大家一起唱国歌时的情景。她们只有13岁。

"是的,广岛人民在原子弹爆炸中勇敢地死去,他们相信这是为天皇献身。"

让人惊讶的是，很多广岛人民对使用原子弹的伦理不感兴趣。可能是因为他们被吓坏了，根本就不愿去想它，甚至没有很多人会费心去了解关于原子弹的信息。中村太太对它的态度——敬畏——就是典型。"这个原子弹，"她被问到的时候会这么回答，"只有火柴盒大小，但它的热量是太阳的6000倍。它在空中爆炸，里面有一些镭。我不知道它的原理，但是当镭被放在一起时就会爆炸。"如果被问及对使用原子弹的态度，她会回答说："因为这是战争，我们不得不承受。"随后她会补充一句，"命该如此"（Shikata ga nai）。这是一种类似俄语"nichevo"的表达：没有办法的事。好吧，太糟了。藤井医生在一个晚上谈及使用原子弹时，用德语对克莱因佐格神父说过类似的话："那是没有办法的事。"

然而，很多广岛市民仍对美国人感到难以抑制的憎恨。"我听说，"佐佐木医生有一次说道，"他们正在东京审判战犯。我认为他们应该审判那些决定使用原子弹的人，他们应该被全部吊死。"

克莱因佐格神父和其他德国耶稣会神父经常讨论使用原子弹的伦理问题。其中一个叫西梅斯的神父，爆炸那天正好去了长束，他在给罗马教廷的报告中写道："我们中的一些人认为这种炸弹与毒气弹属于同一类别，不该对平民使用。其他人认为，在一场全面战争中，正如日本这般，平民和士兵之间没有任何区别。炸弹本身是结束流血冲突，迫使日本投降，进而避免完全毁灭的一种有效力量。因此，如果一个人原则上支持全面战争，那么他就不能对平民伤亡有所抱怨。问题的关键是当前的全面战争形式是否正当，即便是为了一个正义的目的。它是否具有物质和精神的恶——即其后果是否超过了其所带来的善果？我们的道德学家什么时候可以在这个问题上给我们一个明确的答案呢？"

很难说清，广岛那天的爆炸会在孩子们心里留下怎样的恐怖阴影。从表面上看，灾难发生后的几个月里，他们对爆炸的回忆是一次惊心动魄的冒险。中村敏夫在爆炸的时候是10岁，他很快就能毫无障碍地甚至欢乐地说起自己的经历。一周年祭的前几周，他在交给登町小学老师的一篇作文中写道:"爆炸的前一天,我去游泳。那天早上,我正在吃花生,看到一束闪光。我被撞倒在我妹妹睡觉的地方。获救后,我最远只能看到有轨电车。妈妈和我开始收拾行李。邻居们四处奔走,他们身上被烧伤了,而且在流血。幡谷太太叫我和她一起逃,我说我要等妈妈。我们去了公园,后来狂风来了。晚上,一个天然气罐爆炸烧了起来,我看到映在河面上的火光。我们在公园住了一晚。第二天,我经过太鼓桥的时候遇到了女同学菊木和村上,她们正在找她们的妈妈。可是,菊木的妈妈受伤了,而村上的妈妈——哎呀——她已经死了。"

战 后

中村初代

中村初代既虚弱又穷困,但她勇敢地开始了在贫困线上长达数年的挣扎,维持着一家人的生活。

她修好了生锈的缝纫机,开始接一些缝纫的活计,还给一些境况较好的邻居打扫卫生、洗衣服洗碗。不过她很容易疲惫,只好每工作三天就休息两天。如果因为一些原因不得不连续工作一周,她就会随后休息三四天。她挣的钱只够买食物。

在这种艰苦的日子里,她病倒了。她的肚子开始隆起,并开始腹泻,疼得根本没法工作。附近的一个医生来给她看病，说她肚子里长了蛔虫，他误判说："如果它咬你的肠道，你就会死的。"那时，日本由于缺少化肥，农民用粪便施肥，造成很多人开始长寄生虫。它们本身不足以致命，但会严重削弱那些患辐射病人的身体。医生给中村女士（他会这么称呼她）开了散道宁（santonin），这种药是从某些艾科植物中提取的，有点危险。为了付医疗费，她被迫卖掉了缝纫机，这是她最后一件值钱的东西。她把这次变卖视为人生最低落和伤心的一刻。

说起那些经历了广岛和长崎原子弹爆炸的人，日本人常常回避"幸存者"（survivors）这个称呼。因为这个名称强调的是生者，可能对逝者稍有怠慢。因此，人们用"被爆者"（hibakusha，字面意思是"被爆炸影响的人"）这个更加中性的名称称呼中村女士这一类人。爆炸后的十多年间，"被爆者"一直生活在穷困中，显然是因为日本政府不愿为美国的恶行承担道德责任。尽管人们很快就意识到，很多"被爆者"所受的影响在本质和程度上不同于东京或其他受到大轰炸地方的幸存者受到的影响,但是政府并没有为他们提供特别救助。具有讽刺意味的是,直到1954年,美国在比基尼岛试验一颗氢弹造成日本"第五福龙丸"号渔船上的23名船员和一货舱的金枪鱼受到辐射,进而引发日本的抗议浪潮后,日本政府才开始正视这个问题。即便如此,日本国会还是花了三年时间才通过一部针对"被爆者"的救济法。

尽管中村女士不知道这些,但她后来的生活因此非常艰辛。战后的头几年,对像她那样的广岛穷人来说尤其艰难,那是一段充斥着混乱、饥饿、贪婪、偷窃、黑市的时期。非被爆者雇主对被爆者有歧视,因为有传言说他们容易得各种疾病,他们甚至认为像中村女士这一类未严重致残、未出现明显重症的被爆者也不可靠,因为他们大多数人也像中村女士一样,患有原因不明但却真实存在的病症——一种持续的原子弹疾病:时断时续的虚弱和疲倦、偶发性头痛、消化问题。一旦感到压抑和绝望,这些症状就会加重,因为这种难以形容的疾病随时可能会在他们和他们的后代身上埋下隐患。

由于中村女士为每天的生活挣扎着，她根本就没有时间关心原子弹或其他事情。奇怪的是，她用一种消极心态生活着，就像她有时自己说的——"命该如此"。她没有宗教信仰，但她生活在一个有佛教传统的社会中，人们认为顺从可能会带来澄明。自1868年明治维新以后，国家权威变得空前强大。面对神一般的国家权威，她和其他民众一样都深感无力。她目睹的人间炼狱及随后身边的恐怖场景超出了人的理解范畴，她无法把这一切归咎为人的责任，比如"艾诺拉·盖"号轰炸机的飞行员或杜鲁门总统，或制造原子弹的科学家——甚至近在咫尺的那些发起战争的日本军国主义者。这次爆炸几乎就像一场自然浩劫——她仅仅是运气不好，命中注定有此劫难。

她身体恢复得很慢，但稍有好转，就答应给一个面包店在登町、叫高桥的面包师外送面包。身体状况允许的时候，她从附近的杂货店接收订单，隔天早上，她从面包店拿上订购的面包，把它们装在篮子和箱子里，穿街走巷送到各个店铺。工作很累，而她每天挣的钱大概相当于50美分。她必须经常休息几天。

一段时间后,她的身体有了一点力气,开始在街上做另一种兜售工作。她在天亮前起床,推着一辆借来的两轮手推车走两个小时穿过城市,到达江田区,那地方在太田川一条支流的河口。天亮后,那儿的渔夫用一种像裙罩一样的渔网捕沙丁鱼,她会帮他们一起拉网。然后,她会推着手推车回登町,挨家挨户地兜售鱼。她挣的钱只够买食物。

几年后,她找到了一份更能满足她作息需要的工作,她可以在一定程度内自由安排工作时间。这份工作是给在广岛发行量很大的《中国新闻》收投递费。她要负责一片很大的区域,她的客户经常不在家或者推脱手头没钱,所以她必须一次又一次地去收钱。这份工作让她每个月挣大概20美元。每天,她的意志力和疲倦都在天人交战。

辛苦多年,到了1951年,中村女士很走运,她(已经认定的)命里有机会搬进一栋条件更好的房子。两年前，华盛顿大学树木学教授、教友派信徒弗洛伊德·W. 施默（Floyd W. Schmoe）很明显出于强烈的悔罪与和解心理，来到广岛，召集了一批木匠，开始跟他们一起亲手为爆炸受害者建造一批日式房屋。这些人一共建造了21栋房子。中村太太有幸分到了其中一栋。日本人用"坪"计算房屋的面积，一坪略少于4平方码[1]。日本人把这些房子称为"施默博士的房子"，每栋房子有两个6坪的房间。这让中村一家的生活有了很大的改善。房子散发着新木的芳香，里面铺的是干净的席子。房租付给市政府，相当于每月1美元。

除了家境贫困，孩子们似乎都在正常地成长。两个女儿八重子和美也子有贫血症，但很多年轻的"被爆者"出现了更加严重的病症，所幸那三个孩子都没有。八重子现在14岁，美也子11岁，她们已经上初中。儿子敏夫准备升入高中，他要自己挣钱付学费，所以他给母亲收钱的那块区域送起了报纸。那儿离他们住的地方有段距

---

[1] 约为3.34平方米。下面的6坪约为20平方米。

离，所以他们必须早早起来搭有轨电车去那儿。

登町的老木屋空置了一段时间，中村女士一边继续给报社收钱，一边把它改装成一个街边小屋，向孩子们卖一些自己烤的红薯、驮果子（Dagashi）、糖果和糕点，以及批发来的便宜玩具。

这些年来，她一直去一个叫陶山化学的小公司收投递费，那家公司生产一种"派拉根"（Paragen）牌的樟脑丸。她的一个朋友在那儿工作。一天，这个朋友建议她来公司工作，帮忙包装产品。朋友告诉她，这个公司的社长是一个很有同情心的人，不像很多人那样歧视"被爆者"，他的20个女包装工里就有一些是"被爆者"。因为知道自己不能连续工作多日，中村女士拒绝了，但她的朋友说陶山先生会理解她的困难。

于是她开始上班了。女工穿着工作服弯腰站在两条传输带的两边，以最快的速度给两种"派拉根"樟脑丸裹上玻璃纸。樟脑丸有一种刺鼻的气味，一开始会使人的眼睛感到刺痛。它是用对二氯苯粉末压制而成，一种是糖粒大小，一种是小橙子大小，可以挂在没有抽水马桶的日式厕所里，樟脑丸的气味可以盖过里面的臭味。

中村女士作为一个生手，一天的工资是170日元，不到50美分。一开始，这个工作让她晕头转向，极为疲惫，甚至有点生病。她的老板很担心她的身体。她必须请很多天的假，但她逐渐适应了工厂的工作。她交上了朋友，工厂就像一个大家庭。她的工资也涨了。工厂在每天上午和下午各有20分钟的休息时间。当传输带停下后，她就和别的女工一起叽叽喳喳，有说有笑。显然，在她的性情深处，一直有一个乐观活泼的内核，在帮她对抗原爆后遗症。这种心态比单纯的顺从或者说说"命该如此"更加温暖，更富有生气。别的女工都喜欢她，她经常帮她们做些小事。她们开始亲切地叫她"欧巴桑"，也就是"阿姨"。

她为陶山公司工作了13年。尽管她的身体不时受到原子弹疾病的影响，但1945年那天的恐怖经历正逐渐从她的记忆里淡去。

"第五福龙丸"事件发生在1954年，中村女士开始在陶山公司工作的一年后。那年,日本爆发了一波又一波的抗议浪潮,最终促使"为广岛和长崎原子弹受害者提供充分的医疗服务"这一呼声成为一个政治议题。1946年后,每年的广岛原子弹爆炸纪念日,一个和平纪念集会就会在广岛的一座公园举行。这个公园是规划者在广岛重建时特意建造的一个纪念中心。1955年8月6日,来自世界各地的和平爱好者聚集在那个公园参加第一届世界反核弹和氢弹大会。大会第二天,一些"被爆者"哭诉政府忽视他们的困境。日本政党开始响应,1957年,日本国会通过了《原子弹受害者医疗法》。这部法律及其后来的修订法规定,四类人有资格获得援助:爆炸当天在城市特定范围内的人员;爆炸后14天内进入爆炸中心两公里半径内的人员;与爆炸受害者有过肢体接触的人员,如急救人员或处理受害者尸体的人员;满足上述三类人群的女性孕育的胎儿。这些"被爆者"有权获得所谓的健康手册,使他们能够获得免费的医疗服务。后来的修订法又向那些患各种后遗症的受害者提供每月津贴。

和大多数"被爆者"一样，中村女士没有参加过那些纪念集会。事实上，和很多别的幸存者一样，在健康手册推出后的几年间，她甚至没有想过要去申请。她没钱经常去看医生，于是渐渐养成了自己想办法缓解病痛的习惯。此外，她和其他一些幸存者一样，怀疑那些参加周年纪念和年会的政治人物可能居心叵测。

中村女士的儿子敏夫，高中毕业后进入日本铁路公司的公交部门工作。他在行政部门工作，一开始是制定时刻表，后来做会计。二十几岁的时候，由一个亲戚做媒，他与那个亲戚认识的一户人家的女儿定了亲。他在"施默博士的房子"旁又加盖了一间，住了进去，开始帮母亲分担生活费。他送给她一台崭新的缝纫机作为礼物。

大女儿八重子在15岁初中毕业后就离开了广岛，去帮助一个体弱多病的阿姨经营一家日式旅馆。在那儿，她爱上了一个在旅馆餐厅吃饭的客人，自由恋爱后嫁给了他。

美也子在高中毕业后成了一名专业的打字员，在一所打字培训学校授课。她是三个孩子中原子弹综合征最严重的一个,到适婚的年龄,她也订了婚。

和他们的母亲一样,三个孩子对"被爆者"权利和反核活动也不感兴趣。

1966年,中村太太55岁,从陶山化学公司退休。她这时的每月工资是3万日元,约合85美元。她的孩子不再依靠她生活。敏夫身为儿子,开始肩负起照顾年迈母亲的责任。她闲了下来,随时都可以休息,因为最终申请了健康手册(NO.1023993),所以不必再担心医疗费。她开始享受生活,并且可以根据自己的意愿送人礼物。她做起了刺绣,还给一种可以给人带去好运的传统木偶做衣服。她会穿上鲜艳的和服,每周一次去一个日本民乐学习社跳舞。她的手不时摆出各种动作,和服的长袖随着手的动作折起和展开,她昂着头,与30个舞伴一起随着一首贺喜乔迁新居之歌翩翩起舞:

祝您家庭兴旺
千代,

八千代。

退休一年后,一个叫"丧亲家属协会"(Bereaved Families' Association)的组织邀请中村女士和其他100名在战争中丧夫的女性坐火车去东京参观靖国神社。这个神社建于1869年,供奉了日本所有死于战争的军人的亡灵。从它对日本的象征意义来说,可以视为日本的阿灵顿国家公墓(Arlington National Cemetery)——不过神社里没有遗体,只有亡灵。这个神社被很多日本人视为日本军国主义阴魂不散的集中体现,但中村女士没有这样的感觉,从未见过丈夫骨灰的她,一直怀着有一天他会回身边的信念。她觉得这次访问令人不解。除了来自广岛的上百人,神社里还有一大群来自其他城市的女性。她根本就不可能感受到亡夫的存在,在心神不定中回了家。

日本开始繁荣。中村一家的生活仍相当拮据,敏夫必须长时间工作,但过去那种艰难挣扎的日子已经远去。

1975年，日本修订了一项向"被爆者"提供援助的法律。中村女士开始获得一笔叫作"健康保护"的津贴，每月6000日元，约合20美元，这笔钱会逐渐增加到两倍多。她还有一笔从陶山公司获得的退休金，每月2万日元，约合65美元。多年来，她还有一笔每月2万日元的战争遗孀抚恤金。随着经济的腾飞，物价也急剧上升（几年内东京成为世界上物价最高的城市），但敏夫还是设法买了一辆三菱小汽车，他偶尔会在天亮前起床，坐两个小时的火车，与商业伙伴打高尔夫。八重子的丈夫经营一家出售及维修空调和加热器的店铺，美也子的丈夫在火车站附近经营一家卖报刊和糖果的杂货铺。

每年的5月，天皇生日那几天，当和平大道两旁的树木枝繁叶茂、杜鹃花到处盛开的时候，广岛就会举行花卉节。各种摊位在林荫道上排列开来，还有由花车、乐队和游行者组成的长长的游行队伍。爆炸后的第40年，中村女士和民族舞社的朋友组成一个每排6人、一共60排的队列跳起集体舞。她们跟着一首欢乐颂起舞，欢快地跟着三拍节奏举起手臂、拍手：

绿松树、仙鹤和

　　乌龟……

　　你们必须说说你们的困难

　　时刻，

　　然后再大笑两次。

爆炸已经过去了40年。似乎已经是很遥远的事了！

那天烈日高照。连续几个小时练习舞步和手势十分累人。中午，中村女士突然感到晕眩，接下来她只知道自己被抬了起来，她感到十分尴尬，求别人不要管她，但还是被抬上了一辆救护车。在医院，她说自己没事，只想回家。医院同意了。

佐佐木辉文医生

佐佐木辉文医生仍受到爆炸后那段可怕记忆的困扰——他毕生都在试图把这段记忆抛在脑后。除了红十字会医院初级外科医生的职责外,他现在每个星期四还必须去城市另一头的广岛大学,完成关于结核性阑尾炎的博士论文。根据日本的惯例,他从医学院毕业后就可以开始行医。大多数年轻的实习医生必须再学习5年才能获得博士学位,而佐佐木医生因为各种原因,却必须学习10年。

在那一年间,他一直是从母亲居住的向原町坐一个小时的火车到广岛上班。他的家族很有钱——这些年来,他(以及很多日本医生)发现治疗自己病痛最有效的东西是现金或者贷款,越多越有效。他的祖父是一个地主,留下了大片有经济价值的林地。他过世的父亲曾是一名医生,开私人诊所时挣了很多钱。在爆炸后那段充斥着饥饿和犯罪的动荡时期,小偷闯入了母亲家旁边两个像城堡一样坚固的仓库,偷走了很多值钱的传家宝,其中就包括天皇赠给祖父的一个漆器盒,一个装毛笔和墨块的古董盒,一幅以老虎为主题的古画——单这一件就值1000万日元,相当于2.5万多美元。

他的婚姻很快就有了眉目。他能够挑选自己的新娘,是向原为数不多的适婚青年，很多媒人都来给他说媒，他也跟一些人家不断接触。其中一位被说媒女孩的父亲拒绝了他，可能是因为佐佐木医生年轻时是个有名的花花公子，也可能是因为这位父亲知道了他下班后在向原非法行医的事，又或者是这位父亲太过谨慎，不仅像日本老话说的那样——"在走过一座老旧铁桥前要小心检查"，甚至在检查完后也不准备过桥。佐佐木医生一生没有遭到过这样的拒绝，他现在认定这个女孩就是他想要的妻子。在两个媒人坚持不懈的努力下，他终于赢得了那对谨慎父母的心。现在，结婚已有几个月，他很快就意识到妻子比他更聪明，也更明理。

作为红十字会医院的外科医生，佐佐木医生接下来5年间的大部分工作是切除瘢痕瘤——"被爆者"，尤其是那些在距离爆炸中心两千米半径内遭受大量爆炸热辐射的受害者，他们的严重灼伤处在愈合后形成的一种红棕色增生组织，非常丑，有厚度，瘙痒，橡胶质地，呈蟹状生长。在处理这些瘢痕瘤时，佐佐木医生和同事是摸着石头过河，因为他们没有可靠的资料可以参考。他们发现这些鼓鼓的瘢痕瘤被切除后很容易复发，而如果不去管它们，一些瘢痕瘤就会出现感染，另一些会造成底下的肌肉组织紧绷。他和同事最终得出一个遗憾的结论：他们不应该给那么多的瘢痕瘤动手术，这些瘢痕瘤在一定时候会自己缩小，那时更容易切除，或者直接不用管它们。

因为那段可怕的记忆，1951年，佐佐木医生决定辞去医院的工作，像父亲那样在向原开一家私人诊所。他雄心勃勃。他有一个哥哥，根据日本医生家族的传统，长子继承父亲的诊所，而次子必须自己创业。1939年，他响应当时的号召，去辽阔而落后的中国疆土淘金，到了中国，在青岛的日本东部医科大学学习。爆炸前，他刚毕业回到广岛不久。他的哥哥在战争中丧生，因此，他的未来就很明确了——不仅要在父亲的家乡开办诊所，而且要离开广岛，不再被打上"被爆者"的烙印。在接下来的40年中，他没和任何人说起爆炸后的那段日子。

他的祖父在广岛银行有一笔金额很大的存款，佐佐木医生原本信心满满地以为银行会贷给他一大笔钱开办诊所，但银行认为在这么小的地方开诊所很容易失败，给他的最高贷款额度是30万日元，不到1000美元。因此，佐佐木医生开始在岳父母家的房子里收治病人。他做简单的手术——阑尾炎手术、胃溃疡手术、开放性骨折手术——但他也相当大胆地实施其他诊疗，除了妇产科。他把诊所经营得非常成功。时间不长，他每天的门诊量就接近100人。有些人从很远的地方来找他看病。银行注意到以后，把他的贷款额度提升到了100万日元。

1954年，他在岳父母家的宅地上建了一个诊所。这是一幢拥有19个床位、占地280坪[1]的两层楼房。建房的钱一部分来自银行的30万日元贷款，一部分来自出售祖父留给他的木材所得。新的诊所有5名护士和3名实习医生，他自己一周工作6天，每天从早上8点半工作到晚上6点。他的诊所继续兴旺。

---

[1] 约为935平方米。

很早之前,广岛的医生就开始发现,遭受爆炸辐射的长期后果远比早期显现的创伤和瘢痕瘤严重。大部分病人早期放射性疾病的急性症状随着时间的流逝会渐渐消退,但很快那些"被爆者"就会因为受到的大量辐射而出现更深层次、更具危险性的后遗症。到1950年,有证据显示,"被爆者"患白血病的概率要远高于正常人;那些在爆炸中心一公里半径内遭受辐射的人,有报告显示,他们的发病率比正常人要高出10~50倍。多年来,"被爆者"极其害怕出现"紫斑"——白血病的皮肤出血症状。除了白血病,他们往后患上其他潜伏期更长的癌症的概率也高于正常值,比如甲状腺癌、肺癌、乳腺癌、唾液腺癌、胃癌、肝癌、泌尿系统癌症,以及生殖系统癌症。一些幸存者——甚至包括儿童——患上了一种被叫作"原子弹型白内障"的病。一些受到辐射的儿童发育不良,其中一个最惊人的发现是,一些爆炸时仍在母亲子宫里的胎儿出生后头部比正常婴儿小。由于实验显示放射物能影响动物基因,很多"被爆者"担心幸存者的下一代可能会出现基因变异。（那是60年代末，还没有确凿的证据显示广岛和长崎的幸存者出现染色体畸变，人们在多年以后才能知道辐射对后代是否有影响，以及有何影响。）通过研究他们的病人，很多医生发现爆炸辐射还造成一些不像癌症那样致命的病症，如各种贫血症、肝功能不全、性功能障碍、内分泌紊乱、早衰，以及很多不像生病却令人乏力的症状。

除了最后一个症状，佐佐木医生没有出现其他任何症状，他对相关的信息不是很有兴趣，也不会特别在医学杂志上看这方面的内容。在居住的山村，他治疗过的"被爆者"没有几个。他让自己生活在现在。

1963年，因为希望获取麻醉学的最新发展，佐佐木医生去横滨的红十字会医院进修，跟随医院院长服部龙太郎医生学习。服部医生是广岛红十字会医院的外科主任、佐佐木医生的上司。爆炸后，他患上了放射性疾病，搬到了横滨。服部医生建议佐佐木医生可以利用医院最先进的仪器顺便做个全身检查，佐佐木医生同意了。他的胸部断层扫描显示左肺有一个阴影。佐佐木医生抽烟。服部医生没有告诉佐佐木医生关于"被爆者"的肺癌患病率——可能以为佐佐木医生十分了解这方面的信息,他建议做一个活体组织切片检查。当佐佐木医生从麻醉中苏醒过来时,得知他的整个左肺被切除了。

手术几个小时后,由于血管与肺部的一处缝合裂开,佐佐木医生在将近一个星期的时间内出现严重出血症状。因为他仍在咯血,而且身体以令人担心的速度衰弱,有一天,他的妻子、服部医生、护士长和一些护士聚集在他的病床边,他以为他们是来向他临终告别的。于是,他感谢了他们,与妻子说再见后就死了。

或者,他以为他死了。过了一段时间,他苏醒过来,发现自己的身体在恢复。

在以后的岁月里,佐佐木医生把这段经历视为人生最重要的一段经历——比爆炸还重要。他的心头一直萦绕着濒死时感受到的孤独。他极力去亲近妻子和孩子——两个儿子和两个女儿。一天,一个阿姨的话让他有点吃惊:"你很幸运,辉文。毕竟,医术乃仁术。"尽管所有受训成为医生的日本年轻人都知道这句话，但他从未想过这句话的含义。他决定今后要保持一种冷静、沉着的心态，不再让那些他能为病人做的事情不了了之。他要善待那些自己不喜欢的人，也不再打猎和打麻将。他的妻子说："你在40多岁的时候才成熟，而我在20多岁的时候就成人了。"

他没有戒烟。

1972年，佐佐木医生的妻子死于乳腺癌——这是他人生中的第三次危机。他再一次感受到死亡带来的孤独，这一次的感觉更加持久，更加强烈。他不知疲倦地投入工作中。

他妻子的死和自己的濒死经历，再加上他意识到自己不再年轻，这些开始让他想到老人。他决定建一个更大的新诊所，专治老年病。这个科目吸引了一批优秀的日本医生，而且碰巧非常挣钱。他告诉那些嘲笑他不自量力的朋友，每个过了60岁的人都会酸痛，每个那样的老人都需要按摩、热疗、针灸、艾灸，以及一位能够帮助他们缓解病痛的亲切医师。他们会如潮水般涌来。

1977年，佐佐木医生在广岛银行的信贷额度猛增，银行贷了一笔1900万日元的贷款给他，约合8万美元。他用这些钱在向原的边缘地带建起了一幢壮观的四层混凝土建筑，里面有19张床位、完备的康复设施，还有一间留给自己作为起居室的豪华套房。他雇了3位针灸医生、3位理疗师、8名护士和15名护理人员。他的两个儿子吉久和隆二现在也都是医生了，他们会在繁忙的时期过来帮忙。

病人确实如他预料的一般涌来。他又开始早8点半晚6点、一周6天的工作。他平均每天看250名病人。人们远从吴市、翁多州、沿海城市秋津及其他一些周边村子来找他看病。由于日本的医生可以申请巨额税款减免，所以他攒下了很大一笔财富。他去银行还贷款的时候，银行提升了他的信用额度。他想到建一个养老院，大概需要两亿日元的投资。这个项目必须先获得高田县医学会的批准。他提交了计划书，但被否决了。没过多久，医学会的一个主要成员在吉田市建了一座和佐佐木医生的计划一样的养老院。

佐佐木医生没有气馁，他意识到最能让老人高兴的三件事是：家人来访、美食，以及闲适的泡澡时光。他用银行贷款在原来的诊所旧址建了一个高级澡堂。这个澡堂表面上只供给病人使用，但他对整个村子的人开放，收费比一般的公共澡堂要高，因为毕竟是用大理石建的澡池。他每月的运营成本是50万日元。

每天早上，佐佐木医生与诊所的全部医务人员开会。他通常是这么教导他们的：工作的首要目的不是钱；病人是首要的，钱是其次的；生命短暂，我们不能活两次；狂风会把树叶吹得漫天飞舞，但树叶终究会落下来堆在一起。

佐佐木医生的财富不断增长。他投保了1亿日元的人寿保险、3亿日元的医疗事故险。他开一辆白色的宝马。他的客厅摆着稀有的花瓶。尽管日本医生享有很高的税收减免，但他仍是高田县（拥有3.7万人口）交税最多的人，也位列广岛地区（包括15个县下属的12个市和68个城镇，约270万人口）的前10位。

他有一个新的想法，钻取诊所旁边的地下热水，然后把水引到澡池。他雇了东京地质工程公司进行勘探，他们向他保证下钻800米可以获得每分钟60~100升、水温在79~86华氏度[1]的水。他想到了温泉浴，并计算可以向三家旅馆提供热水。他在1985年6月开始动工。

佐佐木医生被视为广岛医生中的异类。他对医学会的上流社会活动不感兴趣。他有别的兴趣爱好，比如他赞助了向原的一项门球比赛——一种原始的槌球游戏；他经常佩戴一条绣着英语"门球"字样的领带，领带价值5000日元，相当于20美元。除了工作，他的主要乐趣是偶尔去广岛"大饭店"的地下一层吃中餐。他会在饭后点上一支"七星"牌的香烟。在香烟的盒子上，除了印有它的英语牌子，还印有一行恭敬的日语警告："为了我们的健康，请不要吸烟过量。"

他现在已经可以面对广岛了，因为广岛已经从1945

---

[1]　约为26~30摄氏度。

年的废墟上浴火重生，成为一座拥有100万人口——只有十分之一的人口是"被爆者"——的令人瞩目的美丽城市：宽阔的林荫大道，路边是现代的高楼大厦，路上行驶的都是崭新的日本车，所有的车标都有英文字母。这是一座奋斗者和享乐者的城市，有753家书店和2356家酒吧。当过去的记忆浮现，佐佐木医生已经能够接受他的懊悔：爆炸后的最初几天里，红十字会医院一片狼藉，不计其数的死者被人拖到外面集体火葬，根本无法一一分辨他们的身份。这意味着多年后的今天，可能仍然有无名的亡灵徘徊在原地，无人祭拜，无法安息。

威廉·克莱因佐格神父

克莱因佐格神父第二次住进了东京的医院，他出现高烧、腹泻、伤口无法愈合、血细胞计数剧烈波动、极度乏力的症状。他的余生成了含糊不清、没有定性的原子弹疾病的经典案例：尽管受害者的身体出现各种各样的症状，但是只有少数一部分症状可以确认是辐射造成的;"被爆者"身上出现很多症状的组合,程度各不相同,但一些医生和几乎所有的病人往往把它们都归咎到原子弹上。

克莱因佐格神父以非凡的无私精神面对苦难的一生。出院后,他回到了登町的小礼拜堂,在这栋他帮忙一起建起来的礼拜堂里继续他忘我的传教生活。

1948年,他被任命为三朝教堂的神父,这座教堂规模较大,在广岛的另一边。那时城里的高楼还不是很多,周围的人把这座大教堂称为"三朝宫"。教堂还有一个附属的拯望会女子修道院(Helpers of Holy Souls),除了主持弥撒、倾听忏悔、教授《圣经》的职责外,他还帮助修道院的见习修女和修女进行8天的静修。其间,他每天给她们分发圣餐,指导她们,并保持沉默。他仍会去看望佐佐木小姐及其他生病和受伤的"被爆者"。他甚至会帮助年轻的母亲照看孩子。他经常坐一个小时火车去西条疗养院安慰结核病人。

克莱因佐格神父后来又短暂地住过两次院。他的德国同事认为他为别人做的太多,为自己做的太少。除了顽强的传教精神，他还具有一种"远虑"（enryo）的日本精神——放弃自我，把别人的愿望放在首位。他们认为他也许真的会因为对别人的善行而奉献出自己的生命。他们觉得他太值得敬佩了。德国亲人寄给他的美食全部被他送给了别人。他把占领军医生开给他的盘尼西林给了一个病得和他一样重的教友。（他的其他病症还包括梅毒，是某次住院输血的时候感染的，后来好了。）他发着高烧还坚持讲授《圣经》课程。他徒步从很远的地方传教回来后，三朝教堂的管家看到他累倒在教堂前的台阶上，头朝下，看起来完全精疲力竭。但第二天，他会再次出门。

逐渐地，经过多年坚持不懈的努力，他获得了一些成果：主持了大约400次洗礼和40场婚礼。

克莱因佐格神父喜欢日本人和他们的生活方式。他有一个德国同事波兹考夫神父开玩笑说，克莱因佐格神父嫁给了日本。搬到三朝教堂后不久，他在报纸上看到了一则新闻，说日本国会通过了一部新的入籍法，具体要求如下：至少在日本居住5年；年满20岁，心理健康，品行良好，能够自食其力；能够接受单一国籍。他迅速递交了相关的证明材料，几个月后，他的申请获得了通过。此后，他就开始使用他登记的日本名字：高仓诚神父。

1956年春夏的几个月中，高仓神父的身体仍在持续衰弱。他被短暂地派到升町区的一个小教堂填补一个空缺。五年前，高仓神父的熟人谷本清牧师开始给一群因瘢痕瘤毁容的女孩上《圣经》课程。后来，其中一些女孩被送到美国进行整形手术，她们被称为"广岛少女"。其中一个叫中林智子的女孩死在纽约西奈山医院的手术台上，她是由高仓神父感化和洗礼的。她的骨灰在1956年的夏天由第一批回广岛的"少女"带回给她的家人。主持葬礼的担子落在了高仓神父身上。仪式期间，他差点昏倒。

在升町，他开始给一户永西家族的母亲和两个女儿授课，永西家族是一个富有的、有教养的家庭。不管有没有发烧，他每晚步行去她们的家。有时他会早到一点，便在房子外面的街上踱步，直到正好7点的时候再按门铃。他会在门厅的镜子上照一下，整理一下头发和衣服，然后走进客厅。他会教1小时，然后，永西母女会用茶点招待他，他和她们聊到10点整。那幢房子带给他家的感觉。小女儿尚子十分喜欢他，18个月后，当他病情恶化，不得不住院的时候，她请他在住进广岛红十字会医院的前一天为她施洗，随后他在医院住了一整年。

他最令人担心的症状是手指上一处奇怪的感染，伤口已经肿胀且无法愈合。他出现发烧和流感症状，白细胞数严重偏低，膝盖和关节疼痛，尤其是左膝。他的手指动了手术后慢慢好转了。他接受了白细胞减少症治疗。出院前，一位眼科医生发现他有原子弹型白内障的初期症状。

他回到了三朝教堂，但他的身体越来越难以完成他热爱的神职工作。他的后背也开始疼，医生说是肾结石造成的，但他置之不理。由于持续的疼痛和白细胞缺乏引起的感染，他的身体越来越虚弱。他竭尽全力、顽强地生活着。

最后，1961年，教会仁慈地把他派到一个小教堂任职，就在佐佐木医生那所日益兴旺的诊所所在的向原村。

向原的教区在一座陡峭的山坡顶上，上面有一座小礼拜堂，里面有一个用橡木桌子做成的圣坛，可以容纳20人的日式榻榻米。在山坡上，还有一栋狭小的神父住所。高仓神父把一间不超过6平方英尺[1]的房间作为自己的卧房，里面简朴得像僧侣打坐的洞窟；他在隔壁的另一个小间吃饭；远处，厨房和浴室是两间昏暗、冰冷、凹陷的屋子，并不比其他房屋大。穿过一条横穿整栋房子的狭窄走廊，那里有一间办公室和一间面积大很多的卧室。按照他的性格，高仓神父把这间卧室留给客人使用。

他刚到达教区的时候，精力充沛，很有干劲。本

---

[1] 约为0.56平方米。

着"灵魂在不成熟时最易抓牢"这一理念，他请建筑工人在小礼拜堂旁边加盖了两个房间，准备开办一所幼儿园，他把它命名为"圣玛丽幼儿园"。于是，4个天主教徒——神父、负责管理幼儿园的两个日本修女和一个做饭的日本女人——就这样开始了艰辛的生活。来教堂的信徒寥寥无几。他的教区有四个以前皈依的家庭，一共就10个信众。有几个星期天，根本就没人来参加弥撒。

经过最初的旺盛阶段后，高仓神父的精力急剧下降。每周一次，他坐火车到广岛，去红十字会医院做检查。在广岛的火车站，他会拿上一份在旅行时最喜欢的本州火车运行时刻表。医生在他疼痛的关节处注射类固醇，同时治疗他的慢性流感症状。有一次，他告诉医生说，他在内衣上发现血迹，医生猜测可能是因为新的肾结石。

在向原村，他尽可能像日本人那样不引人注意。他有时穿日本的和服。因为不想让人看到他生活得比别人好，所以他从不在当地的市场买肉，但有时会从城里偷偷地带回一些。一位叫长谷川的日本神父偶尔来看他，钦佩他力求完美地努力学习日本人的生活方式，但发现他在很多地方仍是彻头彻尾的德国人。在一件事上被人拒绝时，他会顽固地长驱直入达成目标，而一个日本人会巧妙地找到一条迂回之道。长谷川神父注意到，高仓神父住院时严格遵守医院的探访时间，如果有人在探访时间之外来看他，即便是远道而来的访客，他也会拒之门外。有一次，长谷川神父和朋友吃饭，他先是婉拒了主人盛给他的一碗米饭，说已经饱了，但随后主人端上了美味的腌黄瓜——米饭的绝配——于是他决定还是吃一碗米饭。这让高仓神父非常生气（从一个德国客人的角度来看）：在饱得吃不下饭的情况下，他怎么吃得下饭和腌黄瓜？

在这一时期，罗伯特·J.利夫顿（Robert J. Lifton）博士在写《生不如死：广岛幸存者》（*Death in Life: Survivors of Hiroshima*）时采访了很多人，高仓神父是其中之一。在一次访谈中，神父暗示他觉得自己的"被爆者"身份比"日本人"身份更真实：

> 如果有人告诉我说他很疲倦，如果这话是一个"被爆者"说的，就会给我一种不同于普通人说这话

的感觉。他不需要解释……他知道所有的不安——一次又一次地害怕失去精力，变得抑郁——然后一次又一次地确认自己能否完成工作……一个日本人听到"天皇陛下"和一个西方人听到这四个字完全是不同的感觉——外国人无法和日本人感同身受。这个答案同样也适用于"当一个爆炸受害者和一个非爆炸受害者听说另一个受害者"这一情况……有一次我遇到一个人……那个人说"我经历过原子弹"——那之后谈话就变了，我们理解彼此的感受，无须再说。

1966年，高仓神父必须更换厨子。一个名叫吉木幸枝的女人来向原教堂面试，这个35岁的女人最近刚治好结核病，还入了教。由于她被告知的是一个日本名字的神父，所以当一个身材高大、穿着手工缝制的和服的外国人出来迎接时，她大吃一惊。他的脸又圆又肿（无疑是药物所致），她看着觉得他像个婴儿一样。两人立刻就开始了一段迅速发展成完全互信的关系，她在其中的角色似乎有些模糊：有时候像女儿，有时候像母亲。他日益增加的无力感让她一直对他保持克制。她细心地照料他，她的厨艺单调，他的脾气暴躁。他说自己什么都吃，甚至包括拉面，但又苛刻地评价她准备的食物，而他对别人并不这样。一次，他说起了他的德国母亲给他做过的"烤土豆"，于是她试着做这道菜。他评价道："它们一点儿也不像我母亲做的。"他喜欢爆炒大虾，在广岛做检查的时候会去吃这道菜。她试着做给他吃，但他评价道："它们都已经焦了。"他在狭小的餐厅吃饭时，她会站在他身后，放在背后的手会紧紧地抓着门框柱，上面的油漆后来都被她抓没了。然而，他也赞美她，向她倾诉，和她开玩笑，每次发完脾气会向她道歉。她认为他本质上是一个温和、纯粹、有耐心、亲切、幽默和非常善良的人，他的坏脾气是源于他身体忍受的疼痛。

有一次，在春末的一天，就在吉木女士到教堂后不久，麻雀停在他办公室窗外的柿子树上，他拍手把它们赶走，但不久他的手掌上就出现了让所有"被爆者"感到惧怕的紫斑。广岛的医生摇头不知它们是什么东西，那么还有谁知道呢？这些紫斑看起来像是瘀血，但血液检测显示不是白血病。他的泌尿系统有轻度出血症状。"如果我的脑子里出血怎么办？"他有一次问道。他的关节还在疼，他出现了肝功能障碍、高血压、背痛、胸痛的症状。他的心电图显示异常。医生给他开了防治冠心病、降血压的药，还有类固醇、激素及抗糖尿病的药。"我不是吃药，我是拿它们当饭吃。"他对吉木女士说。1971年，他住院做了一个手术，确认是否得了肝癌，医生发现不是。

在他的身体持续衰弱的这一期间，访客源源不断地来看望他，感谢他过去为他们所做的一切。永西尚子——他之前在长期住院的前一天为她施洗——对他尤其忠诚。她给他买他喜欢的德国黑面包三明治，吉木女士需要休假时，她会搬到教堂，替她照顾他。波兹考夫神父有时会过来住几天，他们会一起聊天，喝很多的杜松子酒。高仓神父也喜欢这种酒。

1976年初的一个冬日，高仓神父在去城里的结冰路上摔了一跤。第二天早上，吉木女士听到他在呼喊她的名字。她在浴室找到他，发现他倒在脸盆架上，不能动弹。爱的力量让她把重达175磅[1]的高仓神父背到床上，并把他安顿好。他一个月都走不了路。她做了一个便盆，没日没夜地照顾他。后来，她从市政厅借了一辆轮椅，把他推到了佐佐木医生的诊所。这两个人早几年就认识，但是现在，一个住在狭小的卧室里，而一个住在四层诊所的宽敞公寓里，他们已是天差地别。佐佐木医生给他照了X光，没有发现任何异常。他诊断为神经痛，建议做按摩。高仓神父无法接受一个女按摩师给他按摩，就雇了一个男按摩师。按摩的时候，高仓神父拉着吉木女士的手，脸上通红，疼得受不了。吉木女士雇了一辆车，把高仓神父送到了广岛红十字会医院。一台更大的X光机照出他的第十一、十二胸椎骨折，医生给他做了右坐骨神经减压手术，并且在术后给他穿上了一件束身衣。

自那以后，他就卧床不起了。吉木女士喂他吃饭，

---

[1] 约为79公斤。

给他换自制的尿布，给他清洗身体。他只看《圣经》和时刻表——他告诉吉木女士这是两种唯一不会说谎的书。他可以准确地说出哪一列火车去往哪里、餐车里的食物价格，以及怎样在车站换车可以省300日元。一天，他非常兴奋地叫吉木女士，说他在时刻表上发现了一个错误，那样就只有《圣经》说的是事实了！

其他神父最终说服他去神户的圣路加医院。吉木女士去看他，他从一本书中抽出一张他的病历卡，上面写着"活死人"。他说他想要和她回家，于是她就把他带回去了。"因为你，我的灵魂能够承受苦难。"回到自己的床上后，他对她说道。

他越来越虚弱，其他神父把他搬到了长束修道院山脚下的一座两间房的山谷小屋里。吉木女士说她想要睡在他的房间里。他拒绝了，他的誓言不允许他这么做。她撒了个谎，说是主神父要求的。他宽了心，这才答应了。从那以后，他很少睁开眼睛。她只喂他吃冰激凌。有访客来看望他时，他只能说一句"谢谢你"。他陷入了昏迷，1977年11月19日，在一位医生、一位神父和吉木女士的陪伴下，这个"被爆者"在深吸一口气后去世了。

他被葬在修道院所在的那座山的山顶上一片安静的松树林里，墓碑上写着：

耶稣会威廉·M.高仓神父
愿他安息

多年来，长束修道院的修女和修士发现，总有鲜花出现在他的墓前。

佐佐木敏子

1946年8月，佐佐木敏子的疼痛和消沉自爆炸持续了一年后缓缓地消退了。她的弟弟康夫和妹妹八重子因为爆炸当天在郊外古井的家里，逃过一劫。现在，她和他们一起住在那儿。她刚刚感受到活下去的希望，一个新的打击就降临了。

三年前,她的父母帮她与另一户人家定了亲,她与对方见过面,彼此喜欢,就接受了这门亲事。他们租了一栋房子准备搬进去,但是敏子的未婚夫突然被征召去了中国。她听说他已经回国,但很长一段时间里都没有来看她。当他终于现身时,两人都知道这门亲事是不可能了。每当未婚夫来她家的时候,敏子的弟弟康夫会生气地跑到屋外。她隐约感觉到未婚夫的家人不同意儿子娶一个瘸腿的"被爆者"。他不再来看她。他写的信里满是一些象征性的抽象意象——特别是蝴蝶——他显然是想要表达他怯懦的犹豫,也可能感到愧疚。

带给敏子真正安慰的只有克莱因佐格神父。他仍会到古井看望她,显然是想极力地说服她入教。他讲授的《圣经》真理并没有让她信服,她不能接受"一个夺走她父母并让她经历如此苦难的神仍是慈爱的"这一想法。然而,她被神父的真诚感动和治愈,因为很显然,他自己也很虚弱,还忍受着疼痛,但他还是从老远步行来看她。

她家在一个悬崖边上,上面有一片竹林。一天早晨,她走出房子,看到太阳光在鲦鱼形的竹叶间闪闪发光,这景象美得让她几乎忘记了呼吸。她感受到一股喷涌而出的巨大喜悦——这是她有记忆以来第一次体会到这样的感受。她听到自己在背诵《主祷文》。

9月,她正式入教。因为克莱因佐格神父在东京住院,所以是由切希利克神父为她举行的仪式。

佐佐木女士有父母留下的少许积蓄,她做些针线活维持康夫和八重子的生活,但她担心未来的日子。她渐渐习惯了不用拐杖瘸着腿走路。1947年的一个夏日,她带着弟弟和妹妹在杉野浦附近的海滩游泳。在那里,她与一个年轻的韩国籍天主教见习修士聊了起来,他在海滩照看一群主日学校的孩子。不久,他说她不应该再像现在这样生活下去——肩负着弟妹的生活,而且自己又如此虚弱。他说广岛有一家叫"光之庭"(Garden of Light)的孤儿院不错。于是,她把弟弟和妹妹送到了那所孤儿院。不久,她成功应聘到孤儿院,做了那里的护理员。此后,她得以陪伴在康夫和八重子的身边,多少安下了心。

她把工作做得很好，似乎还找到了一种追求。到了第二年，确信弟弟和妹妹受到了良好的照顾，她同意调去另一所孤儿院工作。这所孤儿院名叫"白菊花之家"（White Chrysanthemum Dormitory），在九州岛的别府，在那里，她可以接受专业的"儿童保育"培训。1949年春，她开始坐半个小时的火车去大分市的大分大学上课。她在9月通过了考试，获得了幼儿园教师资格证书。她在"白菊花之家"工作了6年。

她的左下肢严重弯曲，膝关节无法动弹，大腿因引流手术的切口过深而变得萎缩。孤儿院的修女安排她在大分国立医院进行矫形手术。她在那儿治疗了14个月，期间，她接受了三次重要的手术：第一次手术是为了修复大腿的形状，但不是很成功；第二次手术是为了让膝关节正常弯曲；第三次手术是重新分开她的胫骨和腓骨，把它们排成原来的样子。出院后，她去了附近的温泉疗养中心休养。她腿疼的毛病将会伴随终生，膝关节再也无法完全弯曲，但现在她的腿差不多一样长了，她几乎可以像正常人一样走路了。她重新回到了工作岗位。

"白菊花之家"可以收容40个孤儿,位于一个美军基地旁边,它的一边是士兵的操练场,另一边是军官宿舍。朝鲜战争爆发后,基地和孤儿院成了"好搭档"。时不时有女人送来婴儿,孩子的父亲通常是美军士兵,但她们从不说自己是孩子的母亲——一般都说是朋友建议她们把孩子送到孤儿院来的。紧张的年轻士兵——有些是白人,有些是黑人——经常在晚上偷偷地溜出基地,跑到孤儿院,哀求看看他们的孩子。他们想看一眼孩子的脸。其中一些人找到了孩子的母亲并和她们结了婚,但他们可能再也不会来看孩子了。

佐佐木女士同情那些孩子的母亲——其中一些是妓女——和父亲。在她看来,那些父亲只是19、20岁的懵懂男孩,他们被征召卷入战争,参加了一场不属于他们的战争。身为父亲,他们感到一种本能的责任感,或者至少是内疚感。这些想法让身为"被爆者"的她产生了一个不同寻常的观点:人们对原子弹的威力关注得太多,但对战争的恶却关注得不够。她相当尖锐地指出,是那些受爆炸影响不大的"被爆者"和追求权力的政治家在关注原子弹，而对"战争之下人人都是受害者"这个事实的思考却不够。比如，日本人是原子弹和燃烧弹的受害者；中国人受到日本的侵略；年轻的日本士兵和美国士兵被迫卷入战争，在战场上丧生或致残；以及那些日本妓女和她们的混血孩子。她亲身感受过原子弹的残酷，但她觉得应该把更多的关注放到对战争总体而非战争武器的思考上。

那时，佐佐木女士差不多每年都会从九州岛去广岛看望弟弟和妹妹，也经常去三朝教堂拜访克莱因佐格神父——现在是高仓神父。有一次，她在路上看到前未婚夫，并肯定他也看到了她，但他们没有说话。高仓神父问她："你的整个人生就这样努力工作下去吗？难道你不结婚了吗？或者如果你选择不结婚的话，为什么不成为一个修女呢？"她就这个问题思考了很久。

一天，在"白菊花之家"孤儿院，她接到了一个紧急通知，她的弟弟出了车祸，命在旦夕。她匆忙赶到广岛，康夫的车被一辆警察的巡逻车撞了，错在警车。康夫活了下来，但他的四条肋骨和双腿都断了，鼻子被撞塌，前额落下了一个永久性的凹痕，还有一只眼睛再也看不见东西了。佐佐木女士以为自己将要照顾他一辈子了。她开始上会计课程，几个星期后，她获得了三级簿记员证书。但康夫奇迹般地康复了，他用车祸的赔偿金上了一所音乐学校，学习作曲。佐佐木女士重新回到了孤儿院。

1954年，佐佐木女士在看望高仓神父时说，她现在已经知道自己不会结婚，她认为是时候加入女子修道院了，问他去哪座女子修道院好？他建议去法国拯救炼狱灵魂的拯望会女子修道院，就在三朝町。佐佐木女士说她不想加入一个必须说外语的教会，他向她保证说日语就可以了。

她进了修道院，没过几天就发现高仓神父对她说了谎。她必须学习拉丁语和法语。她被告知早上起床敲门声响起时，她必须用法语大声地说："我的主啊，请赦免我！"第一天晚上，她把这几个字用钢笔写在手掌上，以便第二天早上听到敲门声的时候读出来，但最后发现屋里太暗了,看不清。

她开始担心自己可能通不过。在了解安珍妮·司麦特(Eugenie Smet)的生平上,她没有太大困难。她是"拯望会"的创始人,被人们称为"真福主顾玛利亚"(Blessed Mary of Providence),1856年,她在巴黎开始实施照顾穷人和家庭护理项目,并向中国派遣了12名经过培训的修女。但佐佐木女士已经30岁了,她觉得自己不可能再像学生一样学拉丁语。她把自己关在修道院里,只偶尔去散步——一趟两个小时,这对她的左腿是很大的负担——去三滝山,那山上有三道漂亮的瀑布。渐渐地,她发现自己拥有惊人的毅力和韧性,她认为这是得益于爆炸后最初几个星期的经历。一天,修道院院长玛利亚·圣—让·德·肯蒂(Marie Saint-Jean de Kenti)问她,如果她被告知没有通过,必须离开,她会怎么做?她回答:"我会用尽全力决不放弃。"她确实坚持了下来。1957年,她发誓恪守贫穷、贞洁和顺从,成为多米尼克·佐佐木修女。

现在，拯望会已经了解到她的能力，见习期结束后，她被直接派到了九州岛黑崎附近的一所老人院担任院长。这所名叫"圣约瑟夫之园"（Garden of St. Joseph）的老人院共收容了70位老人。她只有33岁，是老人院的第一位日本籍院长——管理着15名工作人员，其中5人是法国和比利时的修女。她必须直接与地方和中央的官僚交涉。她没有护理老人方面的书籍可以参考。她接手的是一栋破旧的木质建筑——以前是一座寺庙——而老人院甚至无法保障老人的温饱，一些老人不得不出去捡拾柴火。大部分老人以前是在臭名远扬的九州煤矿工作的煤矿工人。一些外国修女的脾气很暴躁，她们的说话方式不同于日本人：生硬、刺耳，令佐佐木修女很受伤。

她从苦难中学到的坚毅让她坚持了下来，她在"圣约瑟夫之园"担任了20年的院长。得益于以前进修的会计课程，她能够推行一种合理的记账方法。最终，拯望会在其美国分支机构的帮助下筹到了建新楼的资金。佐佐木修女监督了施工过程，在山脊上竖起一座由混凝土砖筑成的建筑。几年后，一条地下河开始侵蚀房子，她决定把它修建成一幢更现代的建筑——加固混凝土结构，单人间和双人间都安装了西式的盥洗盆和马桶。

她发现，她最大的天赋是能够帮助病人平静地离世。爆炸后，她在广岛目睹了太多的死亡，目睹了很多人临死时的奇怪举动，现在没有能让她吃惊或害怕的东西了。第一次看护一个临死的老人时，她清楚地记起爆炸后不久的一个晚上，她被放在外面的空地上，没人照看，疼痛难忍，旁边是一个奄奄一息的青年男子。她整夜都在和他说话，最终感受到了他无助的孤独。第二天早上，她看到他死了。在老人院里，当她守在那些垂死老人的床边时，她总是会想到这种可怕的孤独感。她对临死的人不会说太多的话，但会握着他们的手或者抚摸他们的胳膊，安抚他们，告诉他们她在他们的身边。

一次，一位老人在临死的时候向她透露了一件事，他的描述如此鲜活，她觉得自己仿佛目睹了整个过程——看着他在另一个人的背上捅了一刀，看着那个人流血而死。尽管这个凶手不是基督徒，但佐佐木修女还是告诉他上帝原谅了他，然后他就平静地离世了。另一个老人和很多九州煤矿工人一样,是个酒鬼。他的名声很不好,是个卑鄙小人,他的家人抛弃了他。在老人院,他用一种可悲的方式想要讨好每一个人,他主动从贮煤仓搬煤,在锅炉房当司炉工。他患有肝硬化,医生告诫过他不能喝老人院每天定量提供给煤矿工人的5盎司白酒,但他不听。一天晚上,他在餐桌上吐了,致使一根血管破裂。他过了三天才死,其间,佐佐木修女一直陪在他身边,握着他的手,这样他在死的时候可能就会以为他以前取悦过她。

1970年,佐佐木修女在罗马参加一个国际修女大会,之后,她参观了意大利、瑞士、法国、比利时和英国的福利设施。1978年,她从"圣约瑟夫之园"退休,时年55岁。她获得了一次去梵蒂冈度假旅游的机会。因为无法闲下来,她站在圣彼得大教堂外的一张桌子后向日本游客提供旅游信息。之后,她游历了佛罗伦萨、帕多瓦、阿西西、威尼斯、米兰和巴黎。

回到日本后,她在拯望会的东京总部做了两年的志愿者，然后在以前受训过的三朝修道院担任了两年的院长。那之后，她过上了一种平静的生活——在她弟弟学习过的那所音乐学校担任女生宿舍的管理员。这所学校现在隶属教会，被命名为"伊丽莎白音乐学院"（Elizabeth College of Music）。从学院毕业后，康夫获得了教师证书，他现在在四国岛高知县的一个高中教作曲和数学。八重子嫁给了一个在广岛开私人诊所的医生，佐佐木修女需要看医生时会去找他。除了腿部的持续不适，她和很多"被爆者"一样，几年来一直忍受着一系列的病症——可能不全是原子弹造成的：肝功能障碍、盗汗及早晨体温偏高、交界性心绞痛、腿部的出血斑，以及血液检测显示有类风湿因子。

她一生最幸福的时刻发生在1980年，她在拯望会的东京总部工作的时候：人们为了庆祝她成为修女二十五周年，举办了一个宴会。正好，那一天也是宴会的另一位贵宾、巴黎拯望会的院长佛兰斯·黛乐谷（France Delcourt）嬷嬷加入拯望会的二十五周年纪念。黛乐谷嬷嬷赠给佐佐木修女一张圣母玛利亚的画像。佐佐木修女做了一个演讲:"我不应该沉浸在过去。我从原子弹爆炸中活下来时,就好像被赋予了第二次生命。我不想往后看,我应该向前走。"

藤井正和医生

藤井医生年届五十,是一个充满活力的人。他喜欢和外国人交朋友,海田市诊所的生意也越来越好。在晚上的时候,他喜欢用三得利威士忌招待占领军的士兵。不知用了什么办法,他可以源源不断地供应威士忌。多年来,他一直有学习外语的爱好,英语便是其中之一。克莱因佐格神父是他的老朋友,过去常常会在晚上来教他说德语。藤井医生还学过世界语。战争期间,日本秘密警察认为苏联用世界语作为间谍密码,藤井医生不止一次地被询问他是否从共产国际接收情报。他现在非常想和美国人交朋友。

1948年,他在广岛开了一家新诊所,就在被爆炸摧毁的那个诊所的原址上。新诊所是一幢普通的木质建筑,有六间病房。他以前是一个骨科医生，但骨科在战后被细分为各种科目。早年，他对先天性髋关节脱位特别有兴趣，但现在他觉得自己年纪已大，不想做这一方面或其他方面的专科医生了。此外，他也缺乏进行专业化医疗的精密设备。他做瘢痕瘤、阑尾炎及其他伤口治疗方面的手术，也治疗一般性的疾病（偶尔有性病）。通过他的占领军朋友，他能够获得盘尼西林的供应。他每天看80名病人。

他有5个已经成年的孩子，按照日本传统，他们都追随了父亲的脚步。最大的孩子美也子和最小的孩子千惠子是女儿，她俩都嫁给了医生。长子正俊是一名医生，继承了父亲的海田诊所；次子敬二没有上医学院，但成了一名放射科技师；小儿子茂行是东京日本大学附属医院里的一名年轻医生。敬二和父母住在藤井医生建在广岛诊所旁边的家里。

藤井医生没有出现任何放射性疾病的症状，他显然觉得要治疗爆炸可能导致的心理创伤，最好的良方就是享乐。事实上，他建议那些确实患有放射性疾病的"被爆者"每天定量饮酒。他享受自己的生活，也同情自己的病人，但他不认为需要拼命工作。他在家里装了一个舞池，还买了一张台球桌。他喜欢摄影，并建了一个暗房。他打麻将，喜欢招待外国客人。睡觉前，他的护士会给他按摩，有时还会打治疗针。

他开始打高尔夫，在他的花园里建了一个沙坑和练球场。1966年，他加入了不对外开放的广岛乡村俱乐部，入会费是15万日元，略多于400美元。他不是经常打高尔夫，但后来让他的孩子高兴的是，他一直保留了家庭会籍。30年后，加入该俱乐部的会费是1500万日元，约合6万美元。

他对日本棒球很狂热。广岛队的球员一开始被直接用英语叫作"Carps"，后来他向公众指出，复数形式是指"鲤鱼"，去掉"s"才是指这些棒球手们。他经常去巨大的新体育场看比赛，距离"原爆穹顶"不远——广岛产业奖励馆遗址是广岛唯一一处保存下来的纪念遗址，作为原子弹爆炸的最直接物证。在最初的几个赛季，广岛鲤鱼队的比赛成绩不是很好,然而,他们有一群狂热的球迷,类似于布鲁克林道奇队和纽约大都会队在成绩不好那几年的球迷。但藤井医生转而支持了东京燕子队,他会在西服的翻领上佩戴一枚燕子队的小徽章。

广岛在战后重生为一座崭新的城市,并出现了一个全日本最活色生香的娱乐区——夜里,无数彩色霓虹灯闪烁着,吸引人们去那儿的酒吧、艺妓馆、咖啡馆、舞厅,以及合法的妓院。藤井医生的"花花公子"名号越来越响亮。一天,他带小儿子茂行去体验夜生活,教他怎样成为一个男人。20岁的茂行刚从东京的医学院回来,准备在家休息几天,他第一次逛这种地方。他们走进一幢房子,里面有一个巨大的舞池,女孩们在一边排成一排。茂行说他不知道做什么,他的腿有点软。藤井医生买了一张门票,挑了一个特别漂亮的女孩,叫茂行向她鞠躬,带她去舞池,像他在家里的舞池教他的那样跳舞。他叫女孩对儿子温柔一点,随后便自己去跳舞了。

1956年,藤井医生有过一次特别的经历。"广岛少女"在前一年去美国做整形手术时，有两名广岛的外科医生陪着她们。这两名医生不能离开广岛超过一年，于是藤井医生被选为其中一人的替换人选。他在2月份离开日本，之后的10个月里，他待在纽约及其周边城市，像一个温和的父亲一样照顾着这25个残疾女孩。他观察她们在西奈山医院的手术，在医生和女孩之间做翻译，帮助女孩了解她们会经历什么。他很高兴能够和一些医生的犹太人妻子用德语对话，在一次招待会上，甚至连纽约州州长也称赞他的英语。

这些寄住在美国家庭的女孩几乎都不会说英语，她们经常感到孤独。藤井医生想方设法让她们高兴起来。他既爱玩又体贴。他组织她们外出吃日本料理，每次带两三个女孩。一次，一位美国医生和妻子举行派对，时间正好在一个叫山冈美智子的女孩动完大手术后的第三天。她的脸还用纱布包着，手也绑着绷带挂在脖子上。藤井医生不想她错过派对，他让一个美国医生给她安排了一辆敞篷的豪华加长轿车，载着她穿过整个城市赶到派对，前面还有一辆警车开道。在路上，藤井医生让他们在一家药店停下，他在那儿花了10美分给美智子买了一个玩具马。他让警察拍了一张他赠送礼物时的照片。

有时，他会自己一个人出去玩。另一个叫高桥的日本医生是和他在旅馆同住一个房间的室友。高桥医生不太会喝酒，而且睡得很浅。深夜，藤井医生进屋乱撞一通后倒在床上，便呼呼大睡。那段时间，他过得非常开心。

9年后，他在广岛还是那么无忧无虑吗？小女儿千惠子的丈夫不这样认为。小女婿认为他越来越顽固和死板，并且变得忧郁。为了减轻藤井医生的工作量，三儿子茂行从东京的医院辞职回来帮他，住进了他父亲建在离诊所一个街区外的一幢房子里。藤井医生人生的一个低点是在其担任会长的广岛狮子俱乐部发生的一次争吵。争吵的焦点是俱乐部是应该像其他一些日本医生俱乐部一样，通过入会政策转变成一个不对外开放的高级俱乐部，还是仍基本保持一种服务型俱乐部，向所有人开放。藤井医生坚持后一种观点，眼看着自己要输了，他在失望中选择了突然辞职。

他和妻子的关系也越来越差。从美国回来后,他一直想要一幢像西奈山医院的一位医生家那样的房子。现在让她懊恼的是,他给自己在茂行住的木房子旁边设计建造了一幢三层的混凝土结构的房子。一楼有一个客厅和一个美式厨房;他的书房在二楼,摆满了书籍——茂行最终发现它们是一册册课堂笔记,是藤井医生在医学院时一丝不苟地从一个比他聪明的同学那儿抄来的。顶楼有一个八坪[1]的日式卧室和一个美式浴室。

临近1963年年末,房子匆匆完工,以便接待一对预计在元旦后来访的美国夫妇——一些"广岛少女"曾寄宿在他们家。他想先在新房子里睡几个晚上试一下。他的妻子反对他这么急,但他坚持己见,在12月末搬了进去。

1963年的除夕,藤井医生舒适地坐在茂行家客厅的榻榻米上,腿放在炬燵下——一个用电热来暖脚的地板

---

[1] 约27平方米。

凹槽。客厅里还有茂行和他的妻子，以及另一对夫妻，但藤井医生的妻子不在。他们的计划是一边喝酒一边看每年除夕的"红白歌会"电视节目。这是一场由红队（女歌手）与白队（男歌手）进行的唱歌比赛，节目的参赛者都是由观众选出的流行歌手，评委是著名的演员、作家、高尔夫选手、棒球运动员。节目会从晚9点播到11点45分，随后便会敲响新年的钟声。大概在11点，茂行发现已经喝了很多酒的父亲在打盹，便建议他去睡觉。他没多一会儿就回去了，当时电视节目还没结束。这一晚，他没有像其他时候那样让护士给他按摩腿并盖好被子。过了一会儿，因为担心父亲，茂行走到外面，绕到了河边的新房子。他在那儿抬头看到卧室的灯亮着，认为一切正常。

藤井医生一家人计划在第二天早上10点一起喝酒，吃传统的新年早餐——杂煮和麻糬，前者是一种汤，后者是一种米糕。千惠子和丈夫及其他一些客人到了以后就喝起了酒。11点半的时候，藤井医生还没来，茂行就让他7岁的儿子正次去他的窗外喊他。男孩没有听到任何回应,便去敲门,门是锁住的。他从邻居家借了一个梯子,爬到上面,又叫了几次,仍旧没有回应。他回去告诉父母,他们开始担心起来,急忙跑过去,敲碎了门旁的一扇窗户,打开上锁的门后就闻到了煤气的味道,于是冲上了楼。他们在那里发现了昏迷的藤井医生,一个燃气加热器放在他的床头,开关是打开的,但没有加热。奇怪的是,一个通风扇也开着,可能正是通风扇的新鲜空气让他还活着。他迎面平躺着,看起来很安详。

现场的三位医生——儿子、女婿和一位客人——从诊所拿来氧气和其他设备,全力救治藤井医生。他们请来了广岛大学的宫西教授,他是他们知道的最好的医生。他的第一个问题是:"这是自杀吗?"藤井医生的家人认为不是。不过,他们在1月4日前什么也做不了。新年的三天假期里,广岛所有的一切都处于关闭状态,甚至连医院也只提供最低限度的医疗服务。藤井医生仍处于昏迷状态,但他似乎没有生命危险。1月4日,救护车来了。当救护人员把藤井医生抬下楼时,他动了动,慢慢地恢复了意识,但不知道是什么原因,他误以为自己是在原子弹爆炸后被获救了。"你们是谁？"他问抬担架的人："你们是士兵吗？"

在大学附属医院，他开始好转。1月15日，年度相扑比赛开始的时候，他让人给他拿来从美国买回来的便携式电视机，坐在床上观看比赛。尽管拿筷子的手势有些奇怪，但他可以自己吃饭，还要了一瓶米酒。

至此，家里的每个人都放下了心。然而，1月25日，他开始排出血便和水样便，出现脱水症状，并失去了意识。

在接下来的11年里，他一直处于植物人状态。他继续住在医院里，用管子进食，这样住了两年半。之后，他被送到了家里，他的妻子和一个忠心的仆人照料他，用管子给他喂食，换尿布，给他洗澡，给他按摩，用药物治疗他的泌尿系统的感染。他有时似乎对声音有反应，甚至似乎有时能够模糊地表达高兴和不高兴。

1973年1月11日晚上10点，茂行带着儿子正次走到藤井医生的床边。正次就是发生意外那天爬上梯子去喊爷爷的那个男孩，他现在已经16岁，是医学院的预科生。

他希望儿子用医生的视角去查看爷爷的情况。正次听了爷爷的呼吸和心跳,检查了他的血压,认为爷爷的状况稳定,茂行表示认同。

第二天早上,茂行的母亲给他打电话,说他的父亲看起来不对劲。当茂行赶到的时候,藤井医生已经去世了。

医生的遗孀反对进行尸检,但茂行坚持这样做。他用了一个计策。他把尸体先运到一个火葬场,然后在当晚又把尸体运了出去,送到了广岛东侧位于一个山顶上的美方经营的原爆伤害调查委员会(Atomic Bomb Casualty Commission)。尸检结束后,茂行去拿报告单时,看到父亲的器官被放在各个容器里,他有一种仿佛"最后的相遇"一般的奇怪感觉,他说:"你在这里啊,爸爸。"他看到父亲的大脑出现萎缩,大肠变得肥大,肝脏上有一个乒乓球大小的肿瘤。

尸体火化后被安葬在夜莲寺。该寺是佛教的净土宗寺庙,离他母亲在长束的家不远。

这位"被爆者"的故事有一个令人悲哀的结局。他的家人为遗产争执不休，母亲把一个儿子告上了法庭。

谷本清

爆炸一年后，广岛开始回收垮塌房屋废墟上的瓦砾。很多人搭起了粗糙的小木屋，用回收来的瓦片盖屋顶。小屋没有通电，每天黄昏的时候，孤独、茫然、幻灭的人们聚集到横川火车站附近的空地上进行黑市交易，互相安慰。谷本清和其他四位新教牧师每晚都来这个聚集区，和他们一起来的一个小号手和一个鼓手会奏起《前进吧！基督战士》("Onward, Christian Soldiers")，然后牧师们就会轮流站在一个箱子上布道。由于没有什么娱乐活动，那里总是聚集着很多人，甚至还有一些"潘潘女郎"（panpan girls）——对迎合美国大兵的妓女的一种叫法。一开始，很多"被爆者"的愤怒是直接针对投下原子弹的美国人，但现在慢慢地转向了自己的政府，他们责备政府让这个国家卷入了一场轻率、毁灭性的侵略战争。牧师们布道说，责备政府是没有用处的，日本人民的希望在于忏悔罪恶的过去，并依靠上帝："你们要先求他的国和他的义。这些东西都要加给你们了。所以不要为明天忧虑，因为明天自有明天的忧虑。一天的难处一天当就够了。"[1]

由于没有教堂能吸引信徒（如果有信徒的话），谷本清很快就意识到这种布道方式毫无用处。那哥特式塔楼风格的教堂，还有一些混凝土加固过的部分屹立在城里的地面上，于是他转而开始想方法重建教堂。他没有钱。教堂有15万日元的保险金，换算成美元不足500元，而放在银行里的教会基金已经被占领军政府冻结。他听说军用物资开始被分配到各个重建项目，便从县政府领了一张"传教物品"申请单，并开始搜寻可以买卖的东西。在那个到处都是偷盗、充斥着对日军憎恨的时期，很多军用物资仓库都遭到了洗劫。最终，他在浦刈岛找到了一个油漆仓库。美国占领军把那儿弄得乱七八糟。因为看不懂日语标签，

---

[1] 出自《圣经·马太福音》6:33—6:34。——译者注

他们把很多油漆罐刺破并踢翻在地，显然是想要看看里面是什么。谷本牧师弄到了一艘小船，装了满满一船的空罐子回到了广岛。他用这些东西从户田建筑公司换来了教堂屋顶所需的瓦片。在几个月里，他和几个忠诚的教友自己动手，一点一点地给教堂做着木工活，但他们缺乏做下去的资金。

1946年7月1日，原子弹爆炸一周年祭前夕，美国在比基尼环礁试爆了一颗原子弹。1948年5月17日，美国宣布成功完成另一颗原子弹试验。

在与埃默里大学的同学马文·格林（Marvin Green）牧师的通信中，谷本清述说了他在重建教堂时面临的困难。格林现在是新泽西州威霍肯市帕克教堂的牧师，他和公理会董事向谷本清发出了来美国筹钱的邀请。1948年10月，谷本和家人告别后，登上了美国军舰"戈登"号（*Gordon*），前往旧金山。

在海上的旅途中，他的脑海中浮现出一个雄心勃勃的想法。他要终生致力于和平事业。他开始相信"被爆者"的集体记忆会成为促进世界和平的一股强大力量。广岛应该建立一个和平中心，让爆炸经历成为确保原子弹武器不会再次被使用的国际研究的焦点。最终，在到达美国后，谷本在未与广岛市市长浜井晋三或其他广岛人确认的情况下，就根据这个想法起草了一份备忘录。

他借住在马文·格林在威霍肯的牧师住宅的地下室。格林牧师成了他的经纪人和宣传人，并招募了一些志愿者。根据教堂名录，他整理出一份全美教堂的名单——要求是拥有200名以上教友或超过两万美元预算的教堂，并向数百个这样的教堂发送了手工制作的宣传单，希望他们能邀请谷本清去演讲。他制定了一连串的行程，很快谷本就行进在一系列的演说途中了，演讲的题目是《从灰烬中产生的信仰》（"The Faith That Grew Out of the Ashes"）。在每一座教堂，他们都会收到一些捐款。

在演讲途中，谷本开始向有影响力的人物提交他的和平中心备忘录。一次访问纽约时，他的一个日本朋友给他引荐了赛珍珠（Pearl Buck）。他们在她丈夫出版社的办公室见了面,她看了他的备忘录,他解释了自己的想法。她说他的建议让她非常感动,但自己年纪太大了也太忙,无法帮他,但她正好知道一个可能会帮助他的人:诺曼·卡曾斯(Norman Cousins),《星期六文学评论》(*The Saturday Review of Literature*)的主编。谷本先生可以把备忘录寄给卡曾斯先生,而她也会跟他提这件事。

不久后的一天,当谷本牧师正在亚特兰大附近的一个郊区做巡回演讲时,他接到了卡曾斯先生打来的电话,对方说备忘录让他深受感动——是不是可以把它作为特邀评论刊登在《星期六文学评论》上?

1949年3月5日,备忘录印发在了杂志上,标题是《广岛的想法》("Hiroshima's Idea")——卡曾斯先生在"引言"中说"编辑部热切地支持并向你们介绍"这个想法:

> 1945年8月6日原子弹爆炸后,广岛人民从茫然中站起来,了解到自己已经是一项实验的一部分,

这项实验将检验和平使者们的长期议题。他们几乎一致地接受了一个重大的责任——防止世界其他地区再遭受类似的破坏……

广岛人民……真诚地希望从他们的经历中，能为世界和平事业发掘出一些永久性贡献。最后，我们提议建立一个国际性的、无宗派的世界和平中心，作为研究并向全世界提供和平教育的实验基地……

事实上，广岛没有一个人知道谷本清的（现在是诺曼·卡曾斯的）这个提议。尽管如此，他们迅速意识到这个城市在世界记忆中所能扮演的特殊角色。8月6日，原子弹爆炸四周年，日本国会颁布法律，决定把广岛建设成为一座和平纪念城市，由日本建筑大师丹下健三设计的纪念公园的最终方案向公众展示。公园的中心会有一座根据日本史前墓穴设计的马鞍形纪念碑，作为供奉原子弹爆炸受害者亡灵的祠堂。年度和平纪念仪式会聚了很多人，但当时谷本还在千里之外的美国做巡回演讲。

周年祭后没多久，诺曼·卡曾斯访问广岛，他的脑海里已经有了一个自己的新想法：为了支持世界联邦主义者联合会（United World Federalists）——该组织支持建立世界政府——应该向下令投掷原子弹的杜鲁门总统递交一份国际请愿书。短时间里，他们就在广岛收集到了107,854个签名。在访问一所孤儿院后，卡曾斯带着另一个想法回到美国——美国人用寄钱给广岛孤儿的方式"道义收养"他们。他在美国也为请愿书收集了签名。让谷本惊讶的是，卡曾斯邀请他成为向杜鲁门总统递交请愿书代表团的一员，而他事前对这个组织知之甚少。

不幸的是，哈里·杜鲁门拒绝接见这些请愿者，并拒绝接受请愿书。

> 1949年9月23日，莫斯科广播宣布苏联研制出了一颗原子弹。

到那年年末，谷本清已经访问了31个州的256座城市，并为教堂筹集了大约1万美元。在回日本前，马文·格林正好提到他不准备要自己那辆旧绿色凯迪拉克车了，谷本就请他捐给广岛教堂，他同意了。通过一个航运公司的日本朋友，谷本没有花钱就把它运到了日本。

1950年年初回到广岛后，谷本拜访了市长浜井和县长楠濑恒井，请他们官方支持和平中心的构想。他们拒绝了他。占领军最高指挥麦克阿瑟将军通过新闻准则和其他途径，严格禁止散布或煽动任何有关广岛和长崎原子弹后果的报道——包括渴望和平这样的后果。这些官员显然认为谷本的和平中心可能会给地方政府带来麻烦。谷本没有放弃，他聚集了一些有声望的市民在广岛建起了一个以谷本教堂为基地的中心。此前，诺曼·卡曾斯已经在纽约建立了一个广岛和平中心基金会来接收美国人的捐款。最初，广岛的中心无事可做。（只有在多年后，当和平纪念馆与和平纪念堂在公园建起及热闹的但有时会发生骚乱的年度国际和平问题会议在广岛召开时，谷本清早先种下的"和平种子"和他不顾麦克阿瑟禁令的勇气才获得一些广岛人的赞许。）

凯迪拉克运抵后，兴高采烈的谷本决定让发动机转转看。当他行驶在城东比治山的山路上时，被一个警察拦住并因为无证驾驶被逮捕。他最近正好开始做警察学校的牧师,警察局的要人看到他被带进警察局时,他们哈哈大笑,放他走了。

1950年仲夏,卡曾斯邀请谷本去美国做第二次巡回演讲,为世界联邦主义者联合会、"道义收养"及和平中心筹款。8月末,谷本再次离开日本。马文·格林像之前一样安排他在美国的行程。谷本在8个月里访问了24个州的201座城市。这次行程(可能也是他人生)的顶点是卡曾斯安排他访问华盛顿。1951年2月5日,在与众议院外交事务委员会的成员一起进餐后,他为参议院的下午例会做会前祈祷:

> 天父在上,我感谢您伟大的恩赐,您让美国在过去十年间能够成为人类历史上最伟大的文明……我们感谢您,上帝,让日本得以成为美国慷慨援助的受益国。我们感谢您让日本人民获得自由,使得他们能够从废墟的灰烬中站起来并重生……上帝保

佑你们所有参议员……

弗吉尼亚州参议员A.威廉斯·罗伯森（A. Willis Robertson）起身说自己很"震惊但深受鼓舞"，"一个我们试图用原子弹杀死的人来到参议院，向我们的同一个上帝致谢，说要感谢上帝让美国拥有伟大的精神遗产，然后请上帝保佑所有的参议员"。

广岛原子弹爆炸的前一天，由于担心燃烧弹，广岛政府让数百名女学生帮忙拆除房屋和清理隔火带。原子弹爆炸的时候，她们正在户外。只有少数人幸存下来，然而，即便是幸存下来的人，很多也遭受了严重的烧伤，后来在脸上、胳膊和手上形成了丑陋的瘢痕瘤。结束第二次美国行程回到日本一个月后，谷本开始给其中的十几个女孩——他把她们叫作"瘢痕女孩"——上《圣经》课程，作为和平中心的一个项目。他买来了三台缝纫机，让女孩们在一个裁缝作坊工作，就在他发起的另一个项目"战争遗孀之家"的二楼。他向市政府申请"瘢痕女孩"进行整形手术的资金,但被拒绝了。他便向原爆伤害调查委员会申请,这是一个研究原子弹辐射效应——那些下令投下原子弹的人完全没有预料到的后果——的机构,但原爆伤害调查委员会说他们只进行研究,不进行治疗。(正是这一点,让"被爆者"非常憎恨原爆伤害调查委员会,他们说美国人把他们视为实验室豚鼠或大鼠。)

一个叫真杉静枝的女人从东京来广岛访问。她丰富的人生经历对当时的日本女人来说很不寻常。她是一名记者,在年轻的时候就离婚了,之后接连做了两位著名小说家的情妇,但后来又再次结婚了。她之前写关于女人的苦恋和苦涩的寂寞一类的短篇小说,现在给东京主要的报纸之一《读卖新闻》写"失恋女人"专栏。她死前信奉了天主教,但选择葬在东庆寺。这是一座建于1285年的禅寺——因为同情那些嫁给残暴丈夫的女性,一位僧人建立了这个寺庙向她们提供庇护,他说任何一个来寺庙做尼姑的女性可视为自动与丈夫离婚。在广岛之行中,她问谷本清女性"被爆者"最需要什么样的帮助，他建议为"瘢痕女孩"做整形手术。她开始在《读卖新闻》上呼吁捐款，很快就有9个女孩被送到了东京做手术。之后，又有12个女孩被送到了大阪。但让这些女孩气愤的是，报纸把她们称为"原爆少女"。

　　1952年10月，英国进行了第一次原子弹试验；11月，美国进行了第一次氢弹试验。1953年8月，苏联也试爆了第一颗氢弹。

女孩在东京和大阪做的手术都不是很成功。谷本清的朋友马文·格林在访问广岛时，问是否可能把其中一些女孩送到美国去，因为那里的整形外科技术比较先进。1953年9月，诺曼·卡曾斯和他的妻子抵达广岛，转交"道义收养"资金。谷本带他们见了几个女孩，说起了马文·格林的想法，他们表示赞成。

他们离开日本后，市长办公室召开了一个尴尬的会议，讨论怎么把"道义收养"资金分配给孤儿。卡曾斯一共带来了1500美元，但其中200美元已经被分配给了6

个特殊的孤儿，65美元被分给了"瘢痕女孩"，119美元被谷本在福屋百货买了手提箱，诺曼·卡曾斯把它们作为礼物送给了6位孤儿院院长。最后余下的是1116美元，现在一共有410个孤儿，相当于每个孤儿可以分到2.7美元。市政府官员认为是他们主管这个项目，对谷本先生的分配非常不满。广岛的《中国新闻》在报道这次会议时写道："谷本牧师回答说：'我是根据卡曾斯先生的意思做的，这不是我自己的意思。'"

谷本近来已经习惯了批评。他长期不在教堂而在美国，这让他获得了一个"原爆牧师"的绰号。广岛的医生想知道为什么"瘢痕少女"不在广岛动手术。为什么只有女孩？为什么没有男孩？一些人认为谷本牧师的名字在报纸上出现得太频繁了。那辆庞大的凯迪拉克很快就出现了问题，成了一堆废铁。

> 1954年3月1日，"第五福龙丸"号受到美国在比基尼岛试爆氢弹所产生的放射性尘降物的污染。

诺曼·卡曾斯带着"广岛少女"这个想法去了纽约。1954年年末,身兼西奈山医院和贝斯以色列医院两家医院整形外科主任的亚瑟·巴斯基(Arthur Barsky)和西奈山医院内科医生、卡曾斯的私人医生威廉·希齐西(William Hitzig)抵达广岛。他们来挑选可以通过手术达到最佳效果的女孩,在广岛那么多毁容女孩中,只有43人接受了检查,医生最终选择了其中的25人。

1955年5月5日,谷本清带着女孩们乘坐一架美国空军的运输机从岩国机场起飞。在女孩们分别住进纽约的寄宿家庭后,他急匆匆地前往西海岸,开始了另一次筹款之行。在他的各项行程中,5月11日星期三那晚是去洛杉矶的NBC演播室。通过卡曾斯,他的理解是,这是一次有利于筹款的地方电视台的访问。

那晚,他有些茫然地坐在一个类似客厅的演播厅里,面对着强光灯和摄像机。他刚认识的美国著名节目主持人拉尔夫·爱德华兹(Ralph Edwards),笑了笑,转向摄像机,向每周三收看他电视节目的大约4000万美国观众说道:"晚上好,女士们先生们,欢迎收看《这就是你的生活》(*This Is Your Life*)。你听到的'嘀嗒嘀嗒'的背景音是一个时钟在向1945年8月6日的早8:15倒计时。和我坐在一起的这位先生,他的人生在那个时钟走到8:15最后一秒时发生了改变。晚上好,先生。您能告诉我们您的名字吗?"

"谷本清。"

"您的职业是什么?"

"我是一名牧师。"

"您的家在哪里?"

"日本的广岛。"

"1945年8月6日早8:15,您在哪里?"

谷本没有机会回答。"嘀嗒嘀嗒"的响声越来越大,然后传来一声定音鼓的咆哮声。

"这里是广岛,"爱德华兹说道,同时电视屏幕上出现了一个蘑菇云,"在1945年8月6日那毁灭性的一秒钟里,一种新的生死观诞生了。今晚的主角——您,谷本牧师!——无疑是那种观念的一部分……我们将会简单地梳理一下您的人生，谷本先生，现在有请播音员鲍勃·沃伦（Bob Warren），他有一些特别的话想要对观众席里的女孩们说。"

那个象征毁灭的时钟现在已经不再发出"嘀嗒嘀嗒"的响声，但又走了60秒。这期间，鲍勃·沃伦尝试去除一个金发女郎指甲上的"黑兹尔·毕晓普"（Hazel Bishop）牌指甲油，但不是很成功——尽管他用的是一块成功擦掉煎锅铁锈的钢丝绒布。

谷本清对接下来的事完全没有准备。他坐在那里，表情僵硬，浑身出汗，说不出话来。根据这个著名节目的惯例，他的人生被简单地回顾了一下。这时，从拱门走来了伯莎·斯巴凯（Bertha Sparkey）女士。她是一位年长的卫理公会传教士，在他青年时教过他神学。随后进来的是他的朋友马文·格林，他讲了一个关于神学院生活的笑话。之后，爱德华兹指出，演播厅观众席里的一些人是谷本在一个日美好莱坞独立教堂短暂担任牧师期间的教民，那时他刚被授任神职。

接下来的一个嘉宾是一个"劲爆炸弹"。走进演播厅的是一个又高又胖的美国人。根据爱德华兹的介绍，他是执行广岛任务"艾诺拉·盖"号轰炸机的副驾驶员罗伯特·刘易斯（Robert Lewis）。刘易斯用一种颤抖的声音讲述了那一次飞行经历，谷本表情木然地坐在那里。某一时刻，刘易斯突然中断了讲话，闭上眼睛，摸着额头，全美4000万观众肯定以为他在哭泣。[他不是，他喝了酒。几年后，马文·格林告诉一个正在写一本关于"广岛少女"书的青年记者罗德尼·巴克（Rodney Barker），那天下午彩排——除了谷本以外的人都参加了——的时候，刘易斯没有现身，把节目组吓坏了。他原以为制作单位会给他一大笔出场费，在知道没钱拿后，他去了酒吧喝酒。格林说他在节目开播前及时找到了这个副驾驶员，并且还让他喝了一杯咖啡清醒一下。]

爱德华兹："那时你在飞行日志里写的是什么？"

刘易斯："我写了几个字：'老天，我们做了什么啊？'"

这之后，谷本知纱踩着小碎步走上了舞台，这是因为她穿了一件在家都不会穿的和服。在广岛，制作单位给了她两天时间来收拾行装——还有她和丈夫的4个孩子——到洛杉矶。到达后，节目组把他们送进了洛杉矶的一家酒店，并严格禁止他们和谷本联系。上节目后，谷本的表情第一次改变——变成了震惊，他似乎感受不到喜悦了。接下来出场的是名叫三轮丰子和江盛静子的两个"广岛少女"。她们坐在一块投影幕布后面，以剪影的方式出现，爱德华兹号召观众为"广岛少女"的手术费捐款。最后，谷本的4个孩子——10岁的女儿绒子（爆炸时她还是一个婴儿）、7岁的儿子健、4岁的女儿纯、2岁的儿子津——跑进了父亲的怀里。

来电：机密
来自：东京
收件人：国务卿
1955年5月12日

使馆新闻处和华盛顿一样担心"广岛少女计划"可能会带来不利的公众舆论……

谷本在日本被视为一个沽名钓誉之徒。很可能会利用巡讲为他的主要计划"广岛和平纪念中心"筹款。人们不认为他是共产党或亲共分子，但他很容易成为不利舆论的根源……

外交信件：

机　密

谷本牧师看起来像一个反共人士，而且可能真诚地想帮助那些女孩……然而，在提高其自身名望和影响力时，他可能无知地、天真地或有意地成了左派分子或走上了左派路线……

拉尔夫·J.布莱克
美国驻神户领事馆

录制完节目后，正准备回东海岸的罗伯特·刘易斯——从空军退役后，他在纽约的一家叫"亨利·海德"(Henry Heide)的糖果公司做人事部经理——被叫到五角大楼狠狠地训了一顿。

在谷本清余下的巡讲期间,他的太太和孩子们也留在了美国。他总共访问了26个州的195座城市。电视节目筹到了5万美元,他自己筹到了1万美元。谷本知纱和孩子们住在宾夕法尼亚州巴克斯县赛珍珠农场的客房里,在那里度过了一个美好的夏天。

8月6日,广岛原子弹爆炸十周年,谷本向阿灵顿国家公墓的无名烈士墓敬献了花圈。那一天,在千里之外的广岛,"第五福龙丸"事件引发了一场真正的和平运动。5000名代表参加了第一届世界反对核弹和氢弹大会。

谷本一家人在12月回到日本。

* * *

谷本清已经从主流卷入了旋涡。在美国巡讲期间,他日夜不停、不知疲倦地做着演讲,作为一个"被爆者"展现了令人惊讶的精力。但现实是,这些年来,他一直被精力充沛的诺曼·卡曾斯卷起的浪花裹挟着往前走。卡曾斯给他提供了一次激动人心的经历，也满足了他的虚荣心，但后来没有再让谷本牧师介入他的事业。谷本开始把全部精力都放在"广岛少女"项目上，但他发现，即便《这就是你的生活》节目筹到的钱足够支付女孩们的费用，但除了1000美元之外，包括他巡讲筹到的钱全部是由纽约方面管理。卡曾斯绕过广岛的和平中心直接与广岛市政府商谈。谷本清请求他把"道义收养"项目交给和平中心负责，但最后发现他只是帮卡曾斯买买手提箱而已。最糟的事情发生在那个名叫中林智子的"广岛少女"——她死在西奈山医院的手术台上——的骨灰被送回给她广岛的父母时，他们甚至没有邀请他参加葬礼。葬礼是由他的老朋友克莱因佐格神父主持的。当所有"广岛少女"都回到日本时，她们惊讶地发现，自己不仅成了公众好奇的对象，而且还是一些人嫉妒和怨恨的目标。她们担心谷本在强烈的名利心的驱使下把她们塑造成一个"幸运女孩俱乐部"，于是渐渐地疏远了他。

他在日本的和平运动中也没有一席之地，因为在和平运动发展的关键时期,他没在日本。此外,他的牧师身份使那些走在反核活动最前沿的激进团体对他有所怀疑。他在美国进行最后一次巡讲期间,一个叫"日本反对原子弹和氢弹委员会"的全国性组织成立,并开展了一系列要求国会向"被爆者"提供医疗援助的抗议活动。像很多"被爆者"一样,他排斥这些活动中日益浓厚的政治色彩,也没有参加后来在和平公园举行的大规模周年纪念集会。

> 1957年5月15日,英国在印度洋的圣诞岛进行了第一次氢弹试验。

因为在婴儿时期经历了爆炸,女儿纮子每年都会被带去美方经营的原爆伤害调查委员会做一次身体检查。总的来说,她的健康状况还行,但和很多在爆炸时是婴儿的"被爆者"一样,她的生长明显地显现出发育不良。现在,她已是一个读初中的少女,再次去做身体检查。和平常一样,她在一个小隔间里脱掉衣服,换上一件白色的病号服。在完成一系列的检查后，这一次她被带进了一间灯火通明的房间，里面有一个低矮的站台，后面是一面印有身高测量尺度的墙。她背对墙站着，强烈的灯光打在她的眼睛上，她什么都看不到。她能听到用日语和英语说话的声音，其中一个声音用日语叫她脱掉病号服。她照做了，站在那儿，仿佛时间都停止了，眼泪从她的脸上流下来。

这次经历让纮子深感恐惧和受伤，她在此后的25年里都无法和别人讲起这件事。

1959年8月末的一天，一个装在篮子里的女婴被遗弃在谷本教堂的圣坛前。婴儿的裹布里有张纸条，上面写着婴儿的名字是加奈枝，生日是4月28日，还有一句话："我很抱歉目前不能把她带在身边。上帝保佑她，你们能帮我照顾她吗？"

那个在赛珍珠农场度过的夏天，谷本家的孩子和很多孤儿玩在一起，他们大多来自东方，受到这位美国作家的庇护。谷本一家人曾被赛珍珠女士的善举所感动，现在他们决定收养这个托付给他们的孩子。

　　1960年2月13日，法国在撒哈拉沙漠试爆了一颗原子弹。1964年10月16日，中国进行了第一次核试验；1967年6月17日，中国试爆了一颗氢弹。

1968年，纮子和父亲一起去了美国，入读新泽西州哈克特斯敦的圣塔利女子学院（Centenary College for Women）。谷本在1964—1965年间曾回过美国，他访问了母校埃默里大学，然后又去欧洲走了一趟才回日本。他在1966年又去了美国，接受路易克拉克大学颁给他的荣誉学位。纮子最终转学到了华盛顿特区的美利坚大学（American University）。在那里，她与一个华裔美国人相爱了，并与他订了婚，但未婚夫的父亲是一名医生，他说她受到过原子弹辐射，不能生育正常的孩子，所以他不同意这门婚事。

　　回到日本后，纮子在东京的一家石油勘探公司找到了工作。她没有告诉任何人她是"被爆者"。后来，她找到了一个倾诉的对象——男友的好朋友。最后，她意识到他才是她要嫁的男人。她流过一次产，她和家人都把这次流产归咎于原子弹。她和丈夫去原爆伤害调查委员会做了染色体检查。尽管没有发现任何异常，但他们决定放弃生育。后来，他们领养了两个孩子。

日本的反核运动在60年代初期开始分裂。日本反对原子弹和氢弹委员会最初由日本社会党和日本工会总理事会主导。1960年，它试图阻止《美日安保条约》的修订，理由是这会鼓励日本军国主义的复活。于是一些更加保守的团体组成了全国和平及反核武器委员会。1964年，分歧进一步深化。共产党对日本反对原子弹和氢弹委员会的渗入导致社会党和工会退出，并组成日本反核弹及氢弹代表大会。对谷本及大多数"被爆者"而言，这些争吵简直荒谬至极，如日本反核弹及氢弹代表大会认为，所有国家应停止核试验；日本反对原子弹和氢弹委员会认为，美国的核试验是为了战争，而苏联的核试验是为了确保和平。分歧一直持续着，后来每年的8月6

日，这两个组织举行各自的大会。1973年6月7日，谷本清在广岛的《中国新闻》"晚间随笔"专栏撰文道：

> 过去的这些年，每当8月6日临近，就能听到这样的声音：今年的纪念活动仍会由一个分裂的和平运动举行……刻在纪念碑上的句子——"安息吧，因为这样的错误不会再犯"——包含了人类的热切希望。广岛的乞求……无关政治。当外国人来广岛时，你经常能听到他们在说："世界的政治家都应该来广岛，并跪在这个纪念碑前深思世界的政治问题。"

1974年5月18日，印度进行了第一次原子弹试验。

当原子弹爆炸四十周年临近时，广岛的和平中心从名义上来说仍然存在——现在设在谷本的家里。它在70年代的主要项目是安排一些孤儿和其他一些与原子弹没有什么特别关系的日本弃婴的领养工作。领养家庭有来自夏威夷的，也有来自美国本土的。谷本又做了三次巡讲，1976年和1982年在美国本土，1981年在夏威夷。1982年，他从教会退休。

谷本清现在已经年过七十。"被爆者"的平均寿命是62岁。1984年，《中国新闻》的调查显示，54.3%的幸存"被爆者"说，他们认为原子弹会被再次使用。谷本在报纸上看到美国和苏联的对抗正在逐步升级。他和知纱都领取"被爆者"健康保护津贴，他还有一小笔从日本联合教会领取的养老金。他住在一座舒适的小房子里，配有一台收音机、两台电视机、一台洗衣机、一个电烤炉和一台冰箱，还有一辆广岛制造的马自达紧凑型汽车。他吃得很多。他每天早上6点起床，会带着一条名叫智子的小长毛狗散一个小时的步。他的生活节奏慢下来了一些。他的记忆则像这个世界的记忆一样，变得越来越模糊不清。

译名对照表

A

A. Willis Robertson A. 威廉斯·罗伯森
Akio Sasaki 佐佐木昭夫
Akitsu 秋津
Arthur Barsky 亚瑟·巴斯基
Asano Park 浅野公园

B

Beppu 别府
Bertha Sparkey 伯莎·斯巴凯

C

Chieko Fujii 藤井千惠子
Chisa Tanimoto 谷本知纱
Chugoku《中国报》
Chugoku Shimbun《中国新闻》

D

Dōmei Tsushin 同盟通讯社

E

East Parade Ground 东阅兵广场
Enola Gay "艾诺拉·盖"号
Eugenie Smet 安珍妮·司麦特

F

Father Berzikofer 波兹考夫神父
Father Cieslik 切希利克神父
Father Hasegawa 长谷川神父
Father Makoto Takakura 高仓诚神父
Father Schiffer 希弗神父
Father Siemes 西梅斯神父
Father Superior LaSalle 拉萨尔主神父
Father Wilhelm Kleinsorge 威廉·克莱因佐格神父
Floyd W. Schmoe 弗洛伊德·W. 施默
France Delcourt 佛兰丝·黛乐谷
Fukai 深井
Fukawa 深川
Fukuronachi 袋町

Fukuya department store 福屋百货

G
Genbaku Otome 原爆少女
Goddess of Mercy Primary School 观音小学
Goto Island 五岛列岛
Grand Slam "大满贯"（炸弹）
Gropper 格罗珀

H
Hail Mary《圣母经》
Hataya 幡谷
Hatsukaichi 廿日市
Hatsuyo Nakamura 中村初代
Helpers of Holy Souls 拯望会
Hibakusha 被爆者
Hideo Osaki 大崎秀男
Hijiyama 比治山
Hiraiwa 平岩
Hisako Naganishi 永西尚子
Hoshijima 星岛

I
Industrial Promotion Hall 产业奖励馆
Inokuchi 井口
Isawa 伊泽
Iwakuni 岩国

J
Jodo Shinshu 净土宗

K
Kabe 可部市
Kaitaichi 海田市
Kamagari 浦刈岛
Kamai 蒲井
Kanae 加奈枝
Kanda 神田
Kannon Bridge 观音桥
Kannonmachi 观音町
Kataoka 片冈
Kayoko Nobutoki 信时嘉良子
Keiji Fujii 藤井敬二
Kenzo Tange 丹下健三
Kikuki 菊木
kimi ga yo《君之代》
Kiyoshi Tanimoto 谷本清
Kobe 神户
Kochi 高知县
Koi 古井
Kotatsu 炬燵
Kure 吴市
Kurosaki 黑崎
Kyo River 京桥川

L
Lake Biwa 琵琶湖
Lauritsen electroscopes 劳里岑氏

验电器
Lord's Prayer 《主祷文》
Lucky Dragon No. 5 "第五福龙丸"

M

Machii 町井
Marie Saint-Jean de Kenti 玛利亚·圣－让·德·肯蒂
Marvin Green 马文·格林
Masakazu Fujii 藤井正和
Masatoshi Fujii 藤井正俊
Masatsugu Fujii 藤井正次
Matsui 松井
Matsuo 松尾
Michiko Yamaoka 山冈美智子
Misasa Station 三朝火车站
Mitaki 三滝山
Mochi 麻糬
Molotoffano banakago，Molotov flower basket "莫洛托夫花篮"（炸弹）
Mount Sinai Hospital 西奈山医院
Mukaihara 向原
Murakami 村上
Murata 村田
Myeko Fujii 藤井美也子
Myeko Nakamura 中村美也子

N

Nagaragawa 良川
Nagatsuka 长束
Neher electrometers 奈尔静电计
Night of the Lotus Temple 夜莲寺
Ninoshima 似岛
Noboricho 登町
Noborimachi 升町区
Norman Cousins 诺曼·卡曾斯

O

Oita 大分
Okuma 大隈
Ondo 翁多州
Osaka 大阪
Ota River 太田川
Ozone 杂煮

P

Pearl Buck 赛珍珠

R

Ralph Edwards 拉尔夫·爱德华兹
Robert Lewis 罗伯特·刘易斯
Rodney Barker 罗德尼·巴克
Rokko Middle School 六甲中学
Ryuji Sasaki 佐佐木隆二

S

Sakai Bridge 坂井桥
Sankoku sewing machine 三国牌缝纫机

Satsue Yoshiki 吉木幸枝
Seichi Sato 佐藤正一
Shigeyuki Fujii 藤井茂行
Shikoku 四国
Shima Hospital 志摩医院
Shinzo Hamai 浜井晋三
Shizue Masugi 真杉静枝
St. Luke's Hospital 圣路加医院
Stimmen der Zeit 《时代之声》
Suginoura 杉野浦
Suyama Chemical 陶山化学

T

Tadako Emori 江盛静子
Taiko Bridge 太鼓桥
Takasu 鹰栖町
Takemoto 竹本
Tatsutaro Hattori 服部龙太郎
Terufumi Sasaki 佐佐木辉文
The Saturday Review of Literature 《星期六文学评论》
Tokeiji Temple 东庆寺
Tokuyama 德山
Tomoko Nakabayashi 中林智子
Tonarigumi 邻组
Toshiko Sasaki 佐佐木敏子

Toshio Nakamura 中村敏夫
Toyo Kisen Kaisha steamship line 东洋汽船株式会社
Toyoko Minowa 三轮丰子
Toyosaka 丰荣
tsubo 坪
Tsunei Kusunose 楠濑恒井

U

Ujina 宇品
Ushida 牛田

W

William Hitzig 威廉·希齐西

Y

Yaeko Nakamura 中村八重子
Yaeko Sasaki 佐佐木八重子
Yasuo Sasaki 佐佐木康夫
Yokogawa 横河
Yokohama Specie Bank 横滨正金银行
Yoshihisa Sasaki 佐佐木吉久

Z

Zmepoji Temple 善法寺